一度目は勇者、二度目は魔王だった俺の、三度目の異世界転生

Ichidome wa Yusha
Nidome wa Maou datta Ore no
Sandome no
Isekaitensei

塩分不足 著
enbunbusoku

主な
Main Characters
登場人物
リルネット
目に不思議な力を持つ
異国の少女。
アリス
リルネットに仕えるメイド。基本的にはいつも敬語。
レイブ
勇者・魔王を経て、
三度目の転生を果たした青年。
三度目の人生をどう生きるべきか悩んでいる。
ムウ
謎の黒猫。
よくしゃべる。

アイネ
レイズが使役する幻獣《げんじゅう》
ヒポグリフ。
クラン
魔法学園の新入生。
魔銃《まじゅう》という珍しい武器を操る。
エレナ
魔法学園の学園長。
世界に五人しかいない
Sランク魔術師の一人。

プロローグ

ある日、俺は異世界に勇者として召喚された。

平和な世界で平凡に生きていた俺が、なぜ選ばれたのか未だに謎だ。

なんでもこの世界には魔王がいて、人間達の住む領域を脅《おびや》かしているらしい。つまり俺に、その魔王を倒してほしいという話だった。

ファンタジー小説では実にありがちな展開だけれど、これは現実に起こったことだ。

それから俺は、勇者として世界を旅した。

聖剣を持ち、多くの仲間を得て、各地を回った。

途中、魔王の幹部達との戦いを経て成長し、数年かけてようやく魔王の城にたどり着いた。

元々俺は、魔王に対してなんの感情も抱いていなかった。勇者として魔王を倒すことが当たり前だと思っていたのだ。しかし、旅を続ける中でその考えは変わった。

道中で俺が見たのは……なんの力もない人々が、罪のない子供達が、魔族に殺されている光景だった。

そんなものを見せられれば、誰だって怒りが生まれるだろう。加えて俺は、共に旅した仲間を失い、怒りどころか恨《うら》みさえ抱くようになっていた。

それでも俺は勇者だ。

恨みのような感情で剣を振り下ろすわけにはいかない。だから俺は、こみ上げるそうした感情を必死で抑え込み、人々を救うため、との思いだけで魔王と戦った。

激しい戦闘が繰り広げられた。

戦いの中、俺は魔王に尋ねた。

なぜ多くの人々を殺したのか。どうしてそれ以外の方法を考えられなかったのか。結局、何を目指していたのか。しかし、その答えが出る前に戦いは終わった。

結果は言うまでもなく勇者の勝利だ。魔王と勇者が戦えば勇者の勝利で終わる。どこの世界でも、結末は変えられないらしい。しかし、俺もまたこの戦いで重傷を負い、そのまま世界を去ろうとしていた。

悔《く》いはないといえば嘘になる。魔王を倒した後の世界を見たかったとも思う。

それでも、自分の役割は終わったのだと、俺はほっと胸を撫で下ろし、息を引き取った。

† † †

それから三〇〇年後、俺は再び同じ世界に生を受ける。

なぜか以前の記憶を持ったまま転生した俺は驚愕《きょうがく》する。

勇者だった俺は、なんと悪魔として生まれ変わっていたのだ。

俺はこれからをどう生きていけばいいのか考えた。

魔界には魔王はいないらしく、俺がいるのは魔王城のようだが、以前の殺伐《さつばつ》とした雰囲気は感じられない。

ふと、俺は自分の未練を思い出す。

俺が救った世界は、どうなっているのだろうか？

これからの生き方を決めるのは、それを確認してからでもいいだろう。そう思った俺は、さっそく調べることにした。

過去の出来事が記載されている本を読み漁《あさ》り、古い時代から生きているという悪魔達に尋ねてみる。そうして俺は知った。知りたくもなかった酷《ひど》く愚かな現実を……

俺が魔王を倒したことで、世界のバランスは大きく崩れてしまったらしい。

人間達は勇者の勝利に勢いづき、魔族の領地に侵攻した。対して魔王という柱を失った魔族達は統率を乱し、為す術《すべ》もなく敗れ去った。

人間と魔族のパワーバランスは逆転し、魔族達は住処《すみか》を失った。

奪う側だった魔族達は、人間に怯えて生活するようになった。それでも人間達の侵攻は止《とど》まることなく、さらに領地を拡大させていく。

人間に虐《しいた》げられたのは、魔族だけではなかった。

あろうことか人間は、獣人やエルフまで標的にしたのだ。

人間は自分達と違うというだけで他種族を差別し、虐待を繰り返した。それは、かつて魔族達が人間にしていたことと同じだった……

しかし俺は、まだ信じられずにいた。

何かの間違いだ、きっとそんなことはない、そう思おうとした。だから俺は、実際にその現場を見て確かめることにしたのだ。

そして、俺は思い知らされた。間違っていたのは、自分のほうだったという現実を……

俺が目にしたのは、罪のない魔族達の村を焼き払い、住人の魔族の首を刈り取り、それを掲げて高笑いする人間の姿だった。そこには、かつて自分の背で怯えていた弱く脆《もろ》い人間などいなかった。

以前の俺が邪悪と定めた悪魔達よりも、彼らは邪悪だった。

こんな奴らのために、俺は戦ったのか？

溢れんばかりの後悔が俺を襲った。

それから俺は、これからどう生きていくか考えた。そして、結論は簡単に決まった。

魔王になる――

それ以外に思いつかなかった。

かつて勇者として、俺は魔王を倒した。人々が平和に暮らせる世界を作るために戦った。だが、その結果がこれだ。人間と魔族、互いの立場が逆転しただけで、何も変わっていない。

俺は初め、魔族だから邪悪な心を持っているのだと思っていた。でも実際は違った。人間も魔族もそんな心は等しく持っているのだ。かつては、魔族にその傾向が現れやすい状況だっただけのこと。

このまま人間を放置しては、魔族や亜人《あじん》はこの世界から消滅させられるだろう。その原因を作ったのは、俺だ。

だから、俺は責任を果たさなければならない。勇者としては平和な世界に導くことはできなかったが、魔王としてならできるかもしれない。

俺は、魔王になるため立ち上がった。

幸いにもその資格は持っていたらしく、俺は瞬《また》く間に魔王となった。

俺はすぐに多くの仲間を率いて、奪われた領地を取り戻すために人間の領域に侵攻。勇者だった頃のように、俺は敵の領地に進軍していった。

程なくして、人間側に勇者が誕生した。

それをきっかけに人間達は奮い立った。俺が戦いで得た領地は奪い返され、このままではいずれ魔王城まで侵攻してくる。そうなれば多くの同胞達が殺され、死体の山を築くだろう。

それではかつてと変わらない。また同じことを繰り返してしまう。その展開だけは避けなければならない。

しかし、魔王が勇者に倒されるという結末はやはり変えられないようだ。遅かれ早かれ、俺はこの世界から退場することになるだろう。だったら、俺は死から逃げない。

人間と魔族、互いの領地が半分ずつになった頃、俺は戦いを止《や》めた。人間の領域と魔族の領域の境界線には巨大な渓谷があったが、その手前に高く長い壁と大きな城を造り、そこで俺は勇者を待った。

やがて、勇者が城へ攻め込んでくる。俺は予《あらかじ》め備えておいた罠を使い、勇者を仲間から分断し、一対一の状況を作ることに成功した。

そこで俺は、勇者と対話した。

これまでのこと、これからのことを話し、そして俺は勇者にこう願った。

どうか、俺と同じ過《あやま》ちを繰り返さないでくれ。

お前が、人々を導いてくれ。

かつて俺が失敗した理由。それは、俺が死んでしまったことだ。その結果、俺は人々を正しく導くことができなかった。先頭に立って、人々を導いていく。勇者とはそういう存在なのだ。

かつて、柱を失ったのは魔族だけではなく、人間達もだった。それ故、彼らは歪《ゆが》み、誤った道へ進んでしまった。

俺は、勇者に伝える。

魔王である俺は、ここでお前に倒される。その後のことはお前に任せよう。魔族側のことは心配しなくてもいい。すでに腹心にすべてを話し、了承は得ている。初めは反対されたが、皆、俺の理想に賛同してついてきてくれた者ばかりだった。最後には俺の願いを受け入れてくれた。

そして、勇者は魔王を倒す。

勇者は俺の最期《さいご》の願いを聞き入れ、必ず実現してみせると誓ってくれた。俺は安堵《あんど》し、再びこの世を去った。

そして、異世界での二度目の人生を終える直前に俺は思った。

もしかしたら、かつて俺が倒した魔王も、同じ境遇だったのではないか？

今ではもう確かめようがないけれど、魔族達と触れ合い、そのすべてが邪悪でないと知ったことで、そんなことを思うようになっていた。

† † †

それから七〇〇年後。

異世界での一度目の人生から約一〇〇〇年が経った頃。

俺は三度《みたび》、この世界に降り立つことになった――

1　三度目の人生

森と草原に囲まれた場所に小さな村がある。

人が住めるほどの大きさの建物はわずかに十数軒しかない。本当に小さな村だ。

「それじゃー父さん、母さん！　いってくるよ！」

そのうちの一軒から、クワを持った青年が飛び出す。灰色の髪と銀色の瞳をした青年は、一直線に駆けていった。

「いってらっしゃい！　気を付けてね、レイ」

母に見送られ、青年は振り返ることなく畑へと向かった。

彼の名前はレイブ・アスタルテ。今年で一五歳になる、人類種の青年である。

「さて、今日も頑張るかな」

†　†　†

どうも初めまして。

先ほど紹介された村人のレイブだ。両親や村の人達からは、レイと呼ばれている。基本的には毎日畑仕事をしていて……

「おーい！　レイ、ちょっといいか？」

俺のもとへ、村人が一人駆け寄ってくる。

「おはようございます。どうしましたか？」

「実は村の近くまで魔物が来てるみたいなんだ！」

「魔物ですか？」

「ああ、すまないが、また頼めるか？」

「わかりました。今から行くので安心してください」

申し訳ない。話の途中だったと思うが、急用ができた。

先にそっちを終わらせよう。

† † †

レイブは畑仕事を中断し、腰に剣を装備して森へと向かった。

「この辺りかな」

歩みを止めるレイブ。すると、そこへ三つの影が迫る。

赤い眼を光らせて現れたのは、三匹の黒いオオカミ。ダークウルフと呼ばれる魔物である。

「よし――【強化魔法：ギムレット】！」

レイブがそう唱えると、彼の身体を光が包む。それから彼はゆっくりと腰の剣を抜き、呼吸を整えるように長く息を吐く。

「来い！」

一斉に襲いかかる魔物。レイブが息を止めると、その直後、彼の姿は魔物の視界から消えた。

レイブは、魔物達の後ろに立っていた。

剣を鞘《さや》に収める。

それと同時に魔物達は両断された。

目にも留《と》まらない斬撃で、彼は魔物を斬り伏せたのだ。

「これで終わりだな」

† † †

おっとすまない。

こんなタイミングで恐縮だが、さっきの話の続きをしようか。

俺の名前はレイブ。この村で育った人間で――元勇者で元魔王だ。

俺は、初め勇者として召喚された。そこで俺は、人々を苦しめていた魔王を討伐し、役目を終えてこの世を去った。

それから約三〇〇年後、再び俺はこの世界に転生する。今度は、悪魔としてだ。最初はかなり戸惑った。勇者が悪魔に生まれ変わるとは、なんて悪夢だと嘆いたりもした。でも、人間達に虐《しいた》げられる魔族達を見て、自分が間違いを犯していたことに気付いた。

それから俺は、魔王になって世界をより良い方向に導こうとした。そして最期、新たな勇者にすべてを託し、俺は二度目の生涯を終えた。

それから七〇〇年後、最初の召喚から一〇〇〇年後に俺は三度《みたび》、転生を果たす。

俺の経歴をざっくり説明するとこんな感じだ。

そして、今は三度目の転生から一五年と数ヶ月経っている。

まさかまた転生するとは思っていなかった。でも正直三度目ともなると、あまり驚きもしない。

転生していたことに気付いたのは物心がついた頃。すぐに俺は冷静に状況を分析した。

今はどんな世界になっているのだろうか？

俺は、世界がどう変わったのか確かめることにした。そして、一五年この村で生活する中でわかった……どうやら、俺は正しい選択ができていたらしい。

かつて互いに殺し合うだけだった人間と魔族が、今では共に助け合って暮らしていた。

まさに、俺が夢にまで見た光景だった。

小さな争いやイザコザはあるものの、以前のような人間界と魔界を巻き込むほどの争いは起きていなかった。七〇〇年の間一度も。

しかし、だからこそ疑問がある。

この平和になった世界に、俺は転生させられたのだ。それも――勇者と魔王の力をそのまま受け継いだ状態で……

ありえないだろ？

これだけ平和な世界に、どうしてこんなチート能力が必要なんだ？

明らかにおかしい。異常としか言いようがない。

もしかしたら、この平和な世界にまた何かが起こるのかもしれない。

そう考えて、俺は何年も身構えていたが……転生してから一五年経った現在も世界は平和を維持している。

そもそも、俺が生まれた場所は辺境の土地だったし、種族も家柄も普通だ。それにもかかわらず、俺の能力は無意味にチート状態だった。

いや別に、力があることには不満はない。

さっきみたいに魔物から村を守ることができるし、むしろ便利ではある。

ただ――

俺は一体、三度目の人生をどう生きればいいんですか？

2　さよならは突然に

「村を出る気はないか？」

「え？」

いきなり村を出ていけと言われた。

どういうことなんだ一体！

村長に呼び出されて来てみたら、なんか村長だけじゃなくて村の皆がいた。

ものすごく空気が重いから村の一大事か？　とか思っていたら、突然そんな話をされたわけだ。

全くこの状況についていけないぞ。

「ちょ、ちょっと待ってください！　どうして急にそんなこと……」

俺、何か悪いことでもしたのかな？

いや、全然身に覚えないけど。むしろ俺は、良いことばっかりしてるはずなんだけど？

もしかして元魔王だってバレたのか？　それとも気付かないうちに大罪でも犯してたのか⁉

「それは俺から説明しよう」

そう言って前に出てきたのは――

「父さん……」

この人は村長の息子、そして俺の父親だ。

父さんは神妙《しんみょう》な面持ちで告げる。

「レイブ、急にこんな話をしてすまない。勘違いしないでほしいんだが、俺達はお前を追放しようとしているわけじゃないんだ」

「じゃあ、どうして……」

「それは……お前が才能のある人間だからだ」

「え？」

「俺はこの一五年間、ずっとお前を見てきた。だからこそわかる！　お前は俺達のような凡人とは違う。選ばれし者だ」

才能？　選ばれし者？

この人はいきなり何を言っているんだ？　そんなこと言われても……

「うん、そうだね」としか言えないだろ!?

知ってるよそんなこと！　こっちは人生三回目だぞ？

嫌味ではなく、これだけ人生繰り返してたら嫌でも自分が選ばれまくっていることはわかる。

「俺は魔法についてそこまで詳しくない……にもかかわらず、お前は教えてもいないのに魔法を使いこなしている」

まぁ元魔王ですしね？

普段はあまり目立ちたくなかったし、現在この世界では魔法の使用にいろいろと規制があるらしいから派手には使ってないけど、魔王の時の力もそのまま受け継いでるからな。ちなみに、普通の人間じゃ使えないような魔法も使えるぞ？

「魔物と戦えるほどでないにしても、武術に関しては俺も自信があった。だからお前を鍛えようと指導をしていたが……お前はあっという間に俺を超えていった」

いや元勇者ですからね。

曲がりなりにも聖剣使ってましたし。というか、今も持ってますし。体格の差があった頃は、父さんにも勝てなかったけどね。

「そんなお前が、こんな辺境の村で一生を終えることを、俺はもったいないと思ったんだ」

「父さん……」

これが、子を持つ親の気持ちというやつか……

三度人生を繰り返している俺にもわからない感情だ。二度とも俺は、誰かとの子を残す前に死んでたからな。そういう意味では、悲しい人生だったとも言える。

「俺は父として、お前にもっと才能を活かしてほしいと願っているんだ。だから……王都に行ってみないか？」

「王都？」

王都とは、人類種の国、イルレオーネ王国の中心都市だ。なんと世界人口の約五分の一が、そこに住んでいる。

今は種族間の争いがなくなっているのに、どうして人類種の国があるのか、疑問を持つ人もいるだろうか？

一応説明しておくと、確かに種族同士の蟠《わだかま》りは解消されている。しかし、それと生活スペースを異種族で共有できるかは別問題だ。

簡単な話、種族が違えば習慣が違うし、信仰も考え方も違う。それ以前に、生きやすい環境が違うのだ。それを無理やり一つにまとめるのはナンセンスだろう？

そもそもこの世界は、一つの大きな大陸で形成されている。

大陸の中央を縦断する長い渓谷があって、それを境に東側が人間界、西側が魔界となっている。これは七〇〇年前の争いでそうなって以来、ずっと続いているのだ。

魔族や亜人種のほとんどは魔界で生活していて、人間同様に国を形成している。ただ、完全に住み分けられているわけではない。人間界で生活している魔族もいるし、その逆もいる。

ここまでの情報は、時折村を訪れる旅人や商人から教えてもらったものだ。今の俺にはこれ以上のことはわからない。

話を戻して、俺は父さんの顔をまじまじと見る。

「王都ってことは、もしかして……」

「そうだ！　俺はお前に、王立魔法学園への入学を勧める」

王立魔法学園。

イルレオーネ王国直属の機関で、人類種側で唯一の魔法教育を行っている施設である。

現在この世界では、再び大規模な争いが起こらないように魔法の使用が厳しく制限されている。

魔法を自由に使うには、特定の教育課程を修了し国家魔術師になる必要がある。そのための教育機関こそ、王立魔法学園なのだ。

父さんが真剣な眼差しで言う。

「二ヶ月後にはちょうど入学審査がある。それを受けに行ってみないか？」

「王立魔法学園……国家魔術師か――」

父の話に興味がないわけじゃない。

国家魔術師になれれば、自由に魔法が使えるようになる。

正直これだけ魔法の能力があるのに、人前で自由に使えなかったのはなかなか不便だった。それに、王都という場所にも興味がある。決して悪い話ではない……

だけど――

「俺がいなくなったら、村の守りはどうなる？」

この村には時折、野生の魔物が近づいてくる。それを撃退するのは俺の役目だった。というのも、村には俺以上の強者はいない。それどころか、魔物とまともに戦える人間なんて一人も……

「俺が村を出たら、魔物の相手は誰がするんだ？」

三度目の人生とはいえ、俺はこの村で育った。それなりに愛着はある。村が危険に晒《さら》されるとわかっていて出ていけるほど、俺は恩知らずじゃない。

そう思っていたんだが、父さんは首を横に振って言う。

「その心配はない」

「え？」

「実はな？　もうじきこの村に王都から兵士が来ることになっているんだ」

「それは……なんで？」

「お前も知っていると思うが、この村は農業が盛んだ。規模こそ小さいが、品質のいい農作物が収穫できる。それらを王都や他国に売ることで村の生計を立てているんだが、以前王都で取り引きした作物が大変気に入ってもらえてな」

確かにこの村の農作物の品質は良い。

日本の農業を知っている俺から見ても、今の農業技術は素晴らしいものだ。

特に、ここみたいな小さな村には農業の知識を持っている人が多い。だから、意外と田舎や小さい村の作物のほうが、都会に比べて高品質だったりする。

「王都の偉い人に村の事情について聞かれて、魔物に困っていることを話したんだ。そしたら、兵士が来てくれるだけでなく、村に結界を置いてもらえるように話をつけてくださってな」

「結界だって？」

この世界には様々な魔道具が存在している。その中でも結界は高級品だ。

本来結界を張る場合は、基点となる場所に魔法陣を展開し、そこへ魔力を流す必要がある。連続で使用する場合は、ずっと魔力供給をしなくてはならないのだ。少なくとも、七〇〇年前はそうだった。

しかし今では、自然界の魔力を利用する技術が発達している。

それが、結界の魔道具である。この特殊な装置によって、結界は簡単に運用できるようになった。ただし、装置を作るのにはそれなりの時間と素材が必要で、大量生産は難しい。だから今でも、結界の魔道具を使っているのは主要都市や特別な場所だけなのだ。

それをこの村に置くなんて、ずいぶん太っ腹な奴もいたもんだな。

俺は感心したように言う。

「なるほど、確かにそれなら魔物に関する心配はいらないな」

村に出没する魔物はそこまで強くない。だからといって生身の人間で対処するのは厳しいが、結界を破壊できるほどの魔物は今のところ来ていない。結界さえあれば、この村の人々が死ぬようなことにはならないだろう。

「レイブ、まだ不満はあるか？」

「……」

俺は大きくため息をついた。

まったく、ここまで入念に準備されていては断れないだろ？　まぁ俺を王都へ行かせるためにやったというわけでもないだろうが。

「わかったよ。父さん」

こうして俺は王都へ行くことを決心した。

王都にも国家魔術師にも興味はあったし、それ以上に、今の世界を自分の目で確かめたいという気持ちがあった。

ちょうどいい。この機会に世界中を見て回るのも悪くない。

満足したらまた、この村に帰ってくればいいいんだから。

† † †

それから二日後。

東から昇った太陽の光が、旅立つ俺に降り注ぐ。

村の皆は、俺を送り出すために集まってくれていた。

父さんが声をかけてくる。

「レイブ、本当に馬車は必要ないのか？」

「うん」

この村から王都までの距離は、徒歩で行こうと思えば数ヶ月はかかってしまうほど遠い。馬車でも一ヶ月は必要だ。

王立魔法学園の入学審査はもう二ヶ月後に迫っている。徒歩では間に合わないだろう。

当たり前のように父さんは心配してくる。

「しかし審査は二ヶ月後だぞ？　間に合うのか？」

「大丈夫だよ父さん。この村にある馬車は一台でしょ？　それを借りるわけにはいかないよ」

「確かにそうだが……いや、お前が言うのなら大丈夫なのだろうな」

「うん、大丈夫。それに良い機会だし、王都に行くまでにいろいろ見てみたいと思ってるんだ。あと……」

俺は懐《ふところ》から、とある笛を取り出した。

「徒歩で行くなんて、俺は一言も言ってないよ？」

俺はそう言って笛を口に咥《くわ》え、息を吹き込む。

笛の音が村中に響き渡った。

「一体何を……」

空から鳴き声が聞こえてくる。

見上げると、凄まじい勢いで何かが接近してきている。巨大な翼を持つそれは、激しい突風を纏《まと》って降り立った。

父さんが驚いて声を上げる。

「こ、これは――グリフォンか⁉」

グリフォン――それは鷹《たか》の翼と上半身、ライオンの下半身を持つ「魔物」……ではなく、神々によって創造された、黄金を守護する「神獣《しんじゅう》」である。

神獣と呼ばれる生物は、一〇〇〇年前は当たり前のように生息していたが、今では全く見なくなってしまった。その理由は、争いを繰り返したことによって地上にいた神々が天へ帰ってしまったから――と言われている。ではなぜ、目の前のこの生物はまだ存在しているのか？

その理由は、こいつは神獣ではないから。

「違うよ父さん、こいつはグリフォンじゃない」

「そ、そうなのか？　なら一体……」

「こいつはヒポグリフ、名前はアイネだよ」

ヒポグリフは、グリフォンと雌馬の間に生まれたとされる生物で、鷹の翼と上半身、馬の下半身を持つ。グリフォンとの違いは、下半身が馬であるということ、そして神獣ではなく「幻獣《げんじゅう》」であるということ。

本来存在するはずのない獣――故に幻獣と呼ばれている。

「というわけで、王都にはこいつに乗っていくよ！」

ヒポグリフを前に、村人達は驚いていた。

父さんが呆れたように言う。

「まったくお前は、俺の心配なんて簡単に吹き飛ばしてしまうんだな」

「うん。それじゃ、いってきます！」

「ああ！　いってこい！　我が息子よ！」

父さんに続いて、母さんや村人達が言葉を送る。

そして、俺を乗せた幻馬は瞬く間に空へと消えていった。

3　英雄は天から降り立つもの

本日は晴天なり。雲ひとつない青空に、一本の長い軌跡が残る。

その姿を見た者は、大空を舞う巨大な鳥と勘違いするだろうか。

「いいぞ」

幻獣ヒポグリフが俺を背に乗せ、空を駆け抜ける。

「やっぱり最高だな！　アイネ！」

幻獣はそれに応えるように鳴く。

「そうかそうか、お前も楽しいか！　思えば数百年ぶりか？　お前の背に乗るのは……懐かしいな」

アイネと出会ったのは、俺が勇者だった頃……つまり、今から一〇〇〇年以上前。

アイネは一緒に魔王と戦った戦友であり、相棒だった。

二度目に転生した時には、召喚の角笛《つのぶえ》を持っていなかったから呼び出せなかったが、なぜか今回は所有した状態で転生することができた。

召喚と名がついているが、実際はヒポグリフに聞こえる音を出すだけで、異界から呼び出しているわけではない。

「さーて、これからどうするかな～」

学園の入学審査は今から二ヶ月後、王都で行われる。

馬車でさえ最低でも一ヶ月はかかるほど遠い場所にあるというのはさっきも言ったが、普通の方法で向かおうと思ったら、まず寄り道なんてできないだろう。

ただこいつなら、俺の相棒なら、その心配はない。

ヒポグリフの最高速度は音速を超える。その気になれば、王都まで一日すらかからないのだ。

もちろん、それだけの速さに耐えられる人間などいない。

今の俺も肉体自体はただの人間。正直、最高速度でなくても厳しい。だからこうやって、強化魔法をかけている。

【強化魔法：ギムレット】——魔物との戦闘でも使用していたこの魔法は、魔術師であれば使えて当然、基本中の基本だ。簡単な魔法ではあるが、使用者によって威力や持続時間が異なる。

ちなみに俺が使えば、聖剣クラスでないと傷つけられないほど硬い体になる。

「このまままっすぐ王都に向かうのはもったいないな」

俺は今日まで村の周囲からほとんど出たことがなかった。村周辺の地域、他の村には何度か行く機会があったけど、それ以上の遠出はしていない。

理由は、あの村で魔物と戦えるのが俺一人だけだったということ。俺がいない間に、村が魔物に襲われたらひとたまりもない。だから、遠方への外出は控えてきた。俺の目の前には、当たり前だが見たことのない風景が広がっている。

一応、村を出る時に世界地図は持ってきたが……

「これじゃ、さすがにわからないな」

田舎だったからだろう。村にあった地図はあまりにも簡素だった。記されているのは、村を中心にした周囲の集落と、王都までの経路のみ。

「まぁ、あの村じゃこれで十分だしな~。よし、仕方がない……」

俺は両目を閉じる。

「【千里眼《せんりがん》】」

そして、閉じた両目を力強く開いた。

普段の俺の瞳は銀色。しかし今は黄金の瞳に変化していた。

千里眼とは魔法ではなく、天から授かった恩恵。生まれつき持っている加護《かご》のようなものだ。これも先ほどの魔法同様、所有者によって効果が異なる。

一般には遠くの物が見える程度だが、人によっては壁が透けて見えたり、過去や未来すら見えたりする。

ちなみに俺の千里眼は、その中でも群を抜いて特別だ。

なぜなら、すべてを見抜くことができるから。これは別に比喩ではない。文字通りの意味だ。俺の眼は、俺が見たいと思った物すべてを見ることができる。

自分でもわかっている。ハッキリ言ってチートだ。

「う～ん、特に何もないのか」

周辺を観察してみたが、小さな村や似たような町しかなかった。

この辺りは王都からも遠い。この先数十キロは、今見えた風景が続いていることだろう。

千里眼で王都までの経路を隈《くま》なく観察してもいいのだが、それでは旅の楽しみがなくなってしまう。

もう少し進んでみようか。

「よし！　このまま行くぞ、アイネ！」

† † †

とある街道を、白を基調とした派手な馬車が走る。

街道の周囲は木々で覆われ、見通しは悪い。道を走っているのは、その馬車一台だけだ。

馬車の中には、二人の少女の姿があった。

「王都までは、あとどのくらいなのかな？」

「おそらく、あと二週間ほどで到着すると思います」

「そっか、意外と早く着きそうだね」

「はい」

彼女達は、王都へ向かっている途中だった。

「国を出発して、もう半月以上経ったんだね……」

「はい」

「これで……良かったんだよね？」

「……」

社内に重苦しい空気が流れる中、不安げな二人を乗せた馬車が急停車する。

「な、何!?」

驚いた二人は不用意にも馬車から降り、外へ出てしまう。そして、その目で見てしまった。

目の前で、御者《ぎょしゃ》の男が殺される様《さま》を……

そして数分後、武器を持った男達が、壊れた馬車を取り囲むように立っていた。

その中の一人、リーダーらしき男が少女達のもとへと近づく。

「はっはっはっ！　まさか、アストレア皇国の第二皇女、覚姫《さとりひめ》ともあろうお方が、護衛もロクに付けずに出歩いてるとはなぁ？」

「来るな！」

「おー怖い怖い、威勢だけは認めてやるよ？　だが、もう限界だろう？」

壊れた馬車を背に、メイド服を着た少女が立ち塞がる。彼女の服はすでにボロボロになっていた。

その後ろには、彼女が守ろうとしているもう一人の少女がいた。

後ろの少女がメイド服の少女に言う。

「これ以上は……」

「大丈夫です。なんとかして、貴女だけでも逃がしてみせます……」

「駄目だよそんなの！　この人達の狙いはわたしなんだから、わたしが投降すれば——」

「それは駄目です！」

「でも！」

そこへ、リーダーの男が口を挟む。

「庇《かば》い合ってるところ悪いんだけどさ～、そいつは無駄だぜ？　二人とも可愛がってやるからさ！」

男達はゲスな笑みを浮かべている。

そのニヤケ顔のまま、男達はゆっくりと馬車へ近づく。

満身創痍《まんしんそうい》の少女達は、天に願った。

誰か——助けて——

刹那《せつな》。

激しい突風が周囲に吹き荒れる。

そして、少女達が願いを捧げた天から何かが降り立った。

舞い上がる土煙が晴れると、そこには一人の青年が立っていた。


「俺に助けを求めたのは——君達か？」


少女達の願いは、彼に届いていた。

「だ、誰だてめぇは!?」

突如として現れたレイブに、周囲の男達は動揺する。

二人の少女の近くにいた男の問いかけにも、レイブは意に介さず、少女達のほうへ振り向く。

「大丈夫……ではなさそうだけど、大きな怪我はしていないいな？」

状況についていけていないのは、彼女達も襲撃者達と同様だった。

自分達を心配する彼に、上手く言葉を返すことができない。それでもなんとか返事をするため、少女達は首を縦に振った。

「そうか。なら良かった」

レイブはそう言って笑った。

彼の笑顔を見た少女達は、少しだけ緊張が解《ほぐ》れたらしい。安堵した表情を見せる。

そこへ男が割って入る。

「て、てめぇ！　何無視してやがる！」

レイブの態度に苛立った男は、彼に怒声を放った。

しかしそれでもレイブは反応を示さない。それどころか、襲撃者達は先ほどまで怯えていた少女達にまで無視されていた。

少女の一人がレイブに問う。

「あ、あの……あなたは一体……」

「ん？　俺か？　俺は――」

「無視すんなって言ってんだろっ!!」

痺《しび》れを切らした男が、背を向けたままのレイブに襲いかかる。

剣を両手で振りかざし、力に任せて叩きつける。

「なっ！」

しかし男の剣は、最後まで振り下ろされることなく停止した。

レイブが振り返ることなく左手だけを後ろに回し、親指と手のひらで挟んで剣を止めたのだ。

渾身《こんしん》の一撃を素手で止められたことに驚愕する男。さらに掴まれた剣は、レイブによって粉々に破壊されてしまった。

レイブが告げる。

「邪魔だ」

「――っが!!」

レイブの蹴りが、男の腹部へ直撃する。

それによって、男は遥か後方へ吹き飛ばされていった。

「まったく、女の子との会話を邪魔するなんて、マナーがなってないな」

動揺する男達。レイブが蹴り飛ばしたのがリーダー格だったため、男達は次の行動を迷っているらしい。逃げるべきなのか、戦うべきなのか。レイブの強さを見せつけられて、その程度の判断すらできないでいた。

「悪いけど話は後だな……まずは、この五月蠅《うるさ》い連中を黙らせよう」

そう言ってレイブは男達を睨みつける。

その殺気の乗った眼光に、男達はたじろいでしまう。だが、男達は恐怖に駆られ、我を忘れたまま一斉にレイブへ襲いかかってきた。

レイブは呟《つぶや》くように言う。

「無駄だ」

すると、レイブを中心にして巨大な魔法陣が展開される。

襲いかかろうとした男達は、彼にたどり着くことなく動きを止めた。

周囲には冷気が立ち昇っており、男達は声を上げる。

「こ、これって……【氷結魔法：アイリス】!?」

【氷結魔法：アイリス】――展開した魔法陣内に存在する物すべてを氷漬けにする魔法である。それによって、男達は仲良く固まってしまった。

男達は完全に氷漬けにされ、次々と粉々になっていく。

少女の一人が呆然としたまま呟く。

「すごい……でも、どうしてわたし達は無事なの？」

アイリスは範囲内にいるすべてを対象にする魔法。

発動した本人はともかく、魔法陣の内側にいる物すべてが含まれるはず。しかし、範囲内にいた彼女達は無傷だった。

ここで少女は、自分の下に展開されている別の魔法陣に気付く。

「これは……【反魔法：ラプス】ですね」

【反魔法：ラプス】は、魔法に直接魔法陣をぶつけることで、その効力を失わせる魔法。

レイブはアイリスを展開するのと同時に、この魔法を彼女達の足元へ展開していた。これによってアイリスの効果は打ち消され、彼女達だけが無事だったのだ。

「まったく違う魔法を同時使用するなんて」

別種の魔法を同時使用することは、熟練の魔術師でも難しい。

それにもかかわらずなぜレイブには可能なのか。それは、レイブには常識が通用しないということだ。

「さて……これで一段落かな」

レイブがそう呟くと、メイド姿の少女が倒れ込んでしまった。

「アリス!?」

倒れた少女を、もう一人の少女が抱きかかえる。

張り詰めていた糸が切れてしまい、全身の力が抜けてしまったのだ。

「よく頑張ったな……」

レイブは労《ねぎら》いの言葉をかけ、アリスと呼ばれた少女へ手をかざす。

「【回帰魔法：クロノスヴェール】」

神々《こうごう》しい光がアリスを包み込む。

それにより、一瞬で傷一つない状態へと回復した。

いや、正確には回復したのではなく、時間が戻ったというのが正しい。

クロノスヴェールは回復魔法ではなく回帰魔法――対象の時間を戻す魔法だ。

アリスは、傷を負う前の状態へと戻った。

傷だけでなく衣服のダメージまで消えているのはそのためだ。

「これで平気かな？」

「今の魔法は……」

二人の少女が不審そうな表情を浮かべている。しばらく微妙な沈黙が流れたが、銀色の髪をした少女がはっとして告げる。

「あの……助けてくださってありがとうございました！」

銀髪の少女が深く頭を下げる。それにアリスも続く。

「いやいや！　二人とも頭を上げてくれ！　そんな大したことしてないから！」

「いいえ、貴方が来てくれなかったら、今頃わたし達は辱《はずかし》められていました……本当に感謝しています」

「そっか、それは良かったよ」

「はい。それで……」

「ん？　何かな？」

銀髪の少女がレイブを見つめて言う。

「あなたは、一体何者なんですか？」

4　今日までの自分にさようならを――

「え？　通りすがりの一般人ですが？」

「……」

さすがに苦しかったか。

まあでも、敵意や警戒心の類《たぐい》は感じられない。怪しまれてはいるけど、敵だとは思われていないって感じだな。

やれやれ、それにしてもどうしたものか……

俺は今まで自分の経歴を隠して生きてきた。それは面倒事に巻き込まれたくなかったから……というのもあるが、一番は俺の存在が知られることで争いが起きるのを避けるためだ。

いつの時代、どんな場所だろうと、強大な力が存在すれば必ずそれを巡って争いが起こる。これは二度の人生で学んだことだ。

「貴方が、悪人でないことはわかります……でも、わからないことがいっぱいあって。貴方が使った魔法はどれも高位のものばかり。それに知らない魔法まで使っていました」

「誰の目から見ても、貴方が一般人ではないのはわかります」

銀髪の少女に続いて、アリスが言う。

やっぱり回帰魔法まで使ったのは失敗だったか。俺が生きていた時代では、あの程度は当たり前のように皆使えたんだけどな。どうも現代だと、昔より魔術師のレベルが低くなっているらしい。

争いがなくなったことで、戦うための力を必要としなくなったからか。どちらにしても、この状況……どう誤魔化《ごまか》す？

銀髪の少女が真剣な眼差しで迫ってくる。

「助けていただいたのにこんなことを聞くのは失礼だとわかっています！　でも……どうしても、貴方のことが知りたいのです！」

な、なんだ？　急に深刻そうな顔になったぞ？

しかも迫り方が本気だ……これから告白でもされるのか？

「貴方なら、わたしを――」

俺は落ち着いて返答する。

「俺のことが知りたいのはよくわかった。でもな？　その前に自分のことを話したらどうだ？」

「あっ、す、すみません！　自己紹介もしていませんでしたね」

ちなみに俺についてだが、彼女に真実を話すつもりは、今のところない。

どうも訳ありなんだろうということは伝わってくるけど、誰かわからない他人に話すことはありえない。見たところどこかの国の貴族？　とかだろう。軽々しく話して噂でも流されたら大変だ。

ただ今回の一件で、俺の常識と現代の常識にギャップがあることがわかった。

それを修正するためには情報がいる。場合によっては、情報を聞き出せるだけ聞き出して、二人の記憶を操作して逃げよう。

銀髪の少女が一息ついて告げる。

「改めまして、わたしはアストレア皇国の第二皇女、リルネット・エーデル・アストレアと申します。そしてこちらが――」

「リルネット様にお仕えしております。アリス・フォートランドです。先ほどは助けていただいてありがとうございました」

こ、皇女だった!!

まじか、高貴な身分だとは思ってたけど、本物の姫様だったとは……

ていうか、アストレア皇国ってどこだよ！

俺が生きてた時代にはなかったぞ!?

「そ、そうか……皇女だったのか」

どうしよう、めちゃくちゃデカイ態度で話してたよ。

これってマズイんじゃないのか？　下手したら世界中のお尋ね者に――

「あの――」

リルネットが不思議そうな顔をして声をかけてくる。

「は、はい！　なんでしょうか？」

「いえ、わたしの名前を聞いて、敵意を向けなかった方は初めてだったので……」

「敵意？」

リルネットが口にした言葉に、俺は反応した。驚きとか畏《おそ》れじゃなくて、敵意だって？

俺が疑問に思っていると、リルネットはさらに続ける。

「はい……もしかしてご存じないのですか？」

俺については一切明かさないつもりだったが、これは駄目だな。もう誤魔化しきれない……仕方ない、正直に話そう。

「申し訳ない。実を言うと、俺はつい先日まで小さな村に住んでいて、そこから出たこともない田舎者なんです。だから外の事情には疎《うと》くて……正直、貴女の国の名前すら知りませんでした」

「そうだったのですね……」

「なので、もし良ければ、さっき言った、敵意について教えてもらえませんか？」

「……」

リルネットは明らかに躊躇《ちゅうちょ》している。

よほど人に話したくないことなのだろう。きっと並々ならぬ事情があるに違いない。

気になる……だけど――

「無理なら別に構いません。誰にでも言いたくないことはありますから」

俺がそう言うと、リルネットは俯《うつむ》いてしまった。アリスがリルネットに声をかける。

「リル様……」

「大丈夫だよアリス、話しましょう。この方には知っていてもらいたい」

真剣な眼差しで俺を見つめるリルネット。

そしてゆっくりと口を開く。

「実は……わたしは普通の人間にはない特別な力を……特別な眼を持って生まれてきました」

特別な眼？

人間だったら千里眼、魔族なら魔眼《まがん》といったところか。

かつてはありふれていたはずだが、まさか現代じゃその程度すら希少になってしまったのか？

「この眼は、本来は見えないものを見ることができます。他人が保有する魔力、身に纏うオーラ……そして、他人の考えていることまで」

「無知ですみません。他にその眼を持っている奴はいないのですか？　もしくは全く同じじゃなくても、似たような何かを持っている奴とか？」

俺がそう口を挟むと、リルネットはさらに続ける。

「そうですね……私と同じように他者の心を覗《のぞ》いたり、目に見えないものを見たりできる眼を持っている方は存在します。ただ、わたしの場合は、そのどれとも異なります」

「と言いますと？」

「本来、眼に力を宿した者は、自分の意思でその力をコントロールできるんです。だから、何もしていない時はただの目と変わりません。でも私の眼は……何もしていない状態でも、なぜか心の中が見えてしまい、その声さえ聞こえてしまうのです」

えっ、ちょっと待てよ……それってまずくないか？

さっきまでの俺の考え、というか今こうして考えてる声も聞こえてるんじゃ……

「そ、それって誰でも？　常になのですか？」

「はい、オーラや魔力を見ることはできませんが、心の中だけは常に見え、聞こえてしまいます。ただアリスのようにこの指輪を付けていれば、私の眼の効果は無効化できます」

よく見るとアリスの左手中指には、変わった指輪がはめられていた。

「ですが普通の人間では――あれ？　そういえば、貴方の心の声を一度も聞いていないような……」

二人の視線が俺に刺さる。

「間違いないです。今さら気付きましたが、貴方からは一切心の声が聞こえません」

意外な流れから、二人にさらなる疑問を抱かせてしまった。

いや、でもしょうがないだろ。その手の能力は俺には効かないんだよ！　仮にも元勇者で元魔王だからな。そのくらいの耐性も対策も持ってるに決まってるだろ。

「そ、そうなんですか？　いや～不思議なこともあるもんですね～」

「……わかりました。話を元に戻します」

良かった、突っ込まれずに済んだぞ。

リルネットが空気を読める良い子で助かった。

「わたしはこの力のせいで、幼い頃から賊《ぞく》に狙われてきました。幾度となく攫《さら》われ、その度に国に、皆に迷惑をかけてしまいました」

「……」

「周囲の人達は、こんなわたしにも優しく接してくれます……でも、心の中でどう思っているかも知っています」

悲しい話だな。

望んで力を手にしたわけでもないのに、それに振り回されてきたんだろう。特別だとか言われて……

「辛かっただろうな」

「ええ、でも仕方がないことだと割り切っていました。そんなある日のことです。皇帝……父にイルレオーネ王国の王都へ行くことを勧められました」

「王都に？」

「はい。イルレオーネ王国の王都には優れた魔術師達がいます。王都ならこの眼をなんとかする方法が見つかるかもしれない。そして王都には魔法学園があります。そこへ入学し、魔法について学べば、何かが掴めるかもしれないと……」

「それじゃ、今は試験を受けに行く途中だったと？」

「はい。アリスも一緒です」

なるほど、そういうことだったのか。つまりこの二人は、俺と同じように王立魔法学園に入学することを目指していると……

そうかそうか。

それなら、逆に好都合かもしれない——

「大体の事情は理解できました」

二人が俺と同じ学《まな》び舎《や》へ入学するなら、これからも関わりはある。正直さっきまで、二人の記憶を消して逃げるつもりまんまんだったけど……そういうことなら話は別だ！　この二人は使える。

俺は笑みを噛み殺して告げる。

「それじゃ、そろそろ積もりに積もった二人の疑問に、答えるとしましょう」

「えっ、よろしいのですか!?」

リルネットが目を見開く。

「ええ、ただ、これから話すことは他言無用でお願いします」

「もちろんです！」

アリスもそれに同意する。一応、俺の能力で調べてみたけど、二人とも嘘はついていないようだ。

「さてと、どこから説明すればいいか……いや、見てもらったほうが早いですね」

「見る？」

「はい、貴女の眼は、他人の魔力やオーラが見えるんですよね？」

「は、はい、そうです」

「だったら、その眼で俺を見てください。それがこれから話すことが真実だという証明になります」

打ち明けようとしている内容は、きっとすぐには信じられないと思う。だから先に、俺の持つ魔力を見ておいてもらったほうが効率が良いと考えたのだ。

それに、彼女の眼についても気になるし、ちょうど良いだろう。

「わ、わかりました！　では――」

リルネットは両目を閉じる。そこから魔力を高め、勢い良く閉じた目を見開く。

すると彼女の瞳は、灰色から透き通るようなエメラルドグリーンへと変化した。そんな特別な眼で彼女は俺を見る。

彼女は驚きの声を上げる。

「す、すごい！　こんなの初めて見ました！」

彼女の眼には、俺から放たれるオーラと、身に纏う魔力が見えているはずだ。

それはまるでこの世界のものとは思えないほど強大で、偉大な輝きを放っていることだろう。

「なんて量の魔力！　なんて神々しいオーラなの！　これは――っ!!」

俺が顔を近づけると、リルネットは頬を赤らめる。

「へぇ～なるほど、これは確かに珍しいな。まさか……神眼《しんがん》を持ってる奴がいるなんて」

「し、神眼？」

驚くリルネットに俺は説明を続ける。

「そう。文字通り神の眼――天壌《てんじょう》に住まう神々が、地上の民を監視するために貸し与えた恩恵――それが神眼だ」

「神の眼……そんなものがあったなんて知りませんでした」

「そりゃそうだろう。俺が生きていた時代でも、そいつを持っている人間なんてほとんどいなかったからな～」

「えっ……」

リルネットは、俺の言葉の中にあったヒントに気付いたようだ。

俺は言った。自分が生きていた時代でも……と。

それが意味するものは……

「改めて自己紹介をしよう！　俺の名はレイブ・アスタルテ、一〇〇〇年前に勇者としてこの世界に召喚され、その三〇〇年後に魔王として転生した――元勇者で元魔王だった男だ」

「なっ!?」

「……」

二人は驚愕のあまり言葉を詰まらせる。

無理もない。むしろこれくらいのリアクションはしてもらわないと悲しいくらいだ。

こうして正体を明かすのは聊《いささ》かリスキーではある。それでも明かしたのは、彼女達を通して現代の情報を得るためだ。

俺が知っている知識は、遠方の村から流れてくる噂や、誰でも知っているようなものだけ……あの村の中で暮らすなら、その程度の情報で生活には困らなかった。

しかし、これから向かう王都は現代世界の中心。中途半端な知識しか持たない状態では、すぐにボロが出てしまうだろう。そうならないためにも、現代に魔王や勇者の行動がどう伝わっているのか、いろいろ知っておく必要があった。

まぁそれ以前に、彼女が神眼を持っているとわかった時点で、正体をばらすか記憶を消して逃げるかの二択しかなかったんだけどね。

リルネットが声を上げる。

「一〇〇〇年前ってことは……初代勇者様⁉」

「そうそう」

「その三〇〇〇年後ってことは……伝説の二大英雄の一人、魔王ベルフェオル様⁉」

「そうそ——……えっ？」

予想していなかった一言に、俺は驚かされた。

「っちょ、ちょっとまってくれ！　今英雄とか聞こえたんだが……もしかして魔王ベルフェオルのことを言ってるのか？」

「当たり前ですよ！　魔王ベルフェオル様といえば、今の時代を勇者様と共に作り上げたお方――英雄の中の英雄ですよ!?」

ど、どういうことだ？

俺の窺《うかが》い知らぬところで、勝手に英雄扱いされているだとおおおおお？

いや確かにやってたことはそれに近いけど！

でも変だぞ？　俺は自分の計画を一部の信頼の置ける仲間と勇者にしか話していない。二人の様子だと、俺が勇者と協力してたことまで知っている感じじゃないか？

一体誰が広めたんだ！

まさか、四天王の誰かが……いやいや、あいつらが話すわけはない。ていうか、魔族側の誰かが話しても、人間達は信じないしな。

「あ、あのさ？　俺のことってどんな風に伝わってるの？　ていうか、誰が伝えたの？」

「え？　わたしもそこまで詳しくはないのですが、言い伝えによると、戦いを終えて帰還された勇者様が、全世界へのメッセージを発信なされて、その時に魔王様の計画も伝えられたと言われています」

あいつか!?

あのくそったれ勇者がぁ!!

普通そんな簡単に話すか!? 確かに俺も言うなとは言ってなかったけどさ! こういうのって知る人ぞ知るって感じになるもんじゃないの? 何、勝手に世界中にバラしてんの?

リルネットが嬉しそうに言う。

「でも本当に魔王様なのですね! わたしずっと憧れていたんです!」

「え? あ、ああ……そうなの?」

「もちろんです! わたしだけじゃありません! 世界中の人々が貴方に憧れ、深く感謝しています!!」

「そっか」

まぁでも、そのお陰で平和な今があるのだと思えば、これはこれで悪くないか……

「やれやれ……」

「リル様、私にはまだ信じられません……本当に、この方は魔王様なのですか?」

「間違いないよアリス! わたしがこの眼で見たんだから!」

リルネットは灰色の瞳を文字通り輝かせている。

「その眼についてなんだけどな?」

「えっ、あ、はい! なんでしょうか?」

そんなにかしこまらなくてもいいのに……まぁいいや。

「他人の心が見え、その声が常に聞こえてしまうのは、君が眼を制御できていないからだ。神の力は人の手に余るからね？　おそらく王都に行ったとしても、それを改善することはできないと思うぞ」

「そ、そんな……それじゃあわたしは……」

高まっていたリルネットのテンションが、一気に落とされる。

酷く落ち込む様《さま》を見て、少し心苦しく感じるが仕方がない……それが事実なのだから。

「さて、一通り話し終わったところで、俺から二人にちょっとした相談があるんだが……聞いてくれるか」

リルネットがゆっくりと顔を上げる。

「相談ですか？」

「そうそう。実は俺も、二人と同じように王都へ向かう途中だったんだよ。目的も同じで、魔法学園に入るためにね」

「魔王様が!?　どうしてわざわざ」

「うーっんと、ただの気まぐれなんだけどさ。たまたま村を出る話があって、ちょうど良いからこの機会に、今の世界がどうなっているのか、自分の目で確かめたいと思ったんだ。王都にも興味あったし、国家魔術師になれば行動の幅も広がるしさ」

「なるほど、そういうわけですか……ということは、魔王様とわたし達は首尾よくいけば同級生になるということですね？」

「そういうことになるな。そこで二人に相談だ。俺の学園生活をサポートしてくれないか？」

「サポート……ですか」

リルネットは戸惑ったような表情を見せる。

「ああ、俺は自分の正体をあまり知られたくないんだ。騒ぎになるし、自由が利かなくなるからな。でも今日のことでわかった。このまま俺一人で行動してたら、確実にすぐバレる」

村を出て数日。たったその期間でこの有様だからな……

人目が多い王都に行けば、秒殺されること間違いなしだ。

「だから二人には、俺と話を合わせてほしいんだ。一般人なら効果は薄いかもしれないけど、皇族の……しかも神眼を持つ君が言った言葉を疑う者は少ないだろ？」

「確かにそうですね」

リルネットは俺の「神眼を持つ」という言葉に反応し、肩を落とした。

やはり神の力と知っても、いきなり受け入れることはできないのだろう。今のところ、不利益のほうが多そうだしな。

「もちろんタダでとは言わないぞ？　協力してくれるなら、その眼――俺が制御してやろう！」

リルネットの瞳に、希望の光が戻った。

「えっ？　そんなことできるんですか!?」

「ああ、できる。神の力を使えるのは、神か神に選ばれた者だけ……神の力を抑え込めるのは、神が創りし神具のみ……そして、神の力を制御できる者は、神にも等しい力を持つ者だけだ」

「それじゃ……」

「俺なら制御できる！」

リルネットの目から涙がこぼれる。

消えてしまった希望が蘇《よみがえ》り、諦めていた救いの手が、今差し伸べられたのだ。

そのことがたまらなく嬉しかったんだろう、彼女は涙を流し続けた。

「ただし、その方法にはちょっとしたリスクがある」

「リスク？」

「あー、リスクというか、覚悟が必要って感じかな？」

首を傾げるリルネットに、俺は説明を続けた。

「君の眼を制御するためには、君を俺の支配下に置く必要があるんだ」

「支配下？」

「要するに、俺に君自身の全権限を譲渡する……形式上は、俺の所有物的な扱いになるってこと」

「――っ!?」

さすがに動揺しているな。

今日会ったばかりの相手に自分の全権限を譲るなんて、普通は誰だって躊躇《ちゅうちょ》する。その反応になるのはわかる。

「所有物⁉」

そう口にしてアリスが、俺を睨んでくる。

「いや悪い、所有物は言葉が良くなかったな。物扱いする気はないから安心してくれ。ただ、形式上はそうなるってことは覚えておいてほしいだけだ」

「……」

「説明は以上だ。どうするかはゆっくり考え——」

俺が言い終える前に、リルネットは口を開いた。その答えは——

「わかりました！」

即答だった。

「え……そんな簡単に決めていいのか？」

もっと悩むと思って、こっちは待つ気まんまんだったのに……まさか即答してくるとは、予想外だった。

「はい、お願いします」

「リル様……」

心配そうにするアリスをリルネットは安心させるように言う。

「大丈夫だよ？　あの時……貴方が駆けつけてくれなかったら、きっとわたし達は無事でいられなかったでしょう。貴方のお陰で、今のわたし達がいるんです。だから——貴方にならわたし、何をされても良いです」

この時、リルネットが俺に見せてくれた笑顔を、俺は一生忘れないだろう。

それほどまでに美しく、澄んだ笑顔だった。

その笑顔は、俺の鼓動を加速させ——俺はふと心の中で思った。

彼女はきっと、現代世界における被害者なんだ……と。

俺のかつての行いは、現代世界に平和をもたらした。だけど、すべてが救われたわけじゃない。

今でも苦しんでいる人はいる。

彼女は、平和になったからこそ不幸になってしまった。争いが激化していたかつての時代なら、彼女は間違いなく必要とされる存在になっていた。しかし現代では、その力も使いどころを失い、単に恐れられるだけとなってしまった。

考えすぎかもしれないけど、今彼女をこうして苦しめている原因を作ったのは俺だ。俺が世界を変えた結果、彼女は苦しんでいる。なら、そんな彼女を救うのは、俺の役目に他ならない。

「わかった……それじゃ——」

俺は彼女の額《ひたい》にそっと右手をかざした。

そして……

「俺の支配下に入れ——リルネット・エーデル・アストレア」

「っ⁉」

リルネットを淡く白い光が包み込む。光は粒子となって舞い、彼女の身体へと吸い込まれていく。

こうして、彼女の左手の甲に刻印が刻まれる。

俺は額にかざしていた右手をゆっくりと下ろした。

「隷属《れいぞく》の刻印……君が俺の支配下に入った証拠だ。これでようやく——ん？　リルネット？」

リルネットは呆《ほう》けていた。

「っは！　す、すみません！」

「いや謝らなくて良い。それよりどうしたんだ？　まさか身体に問題が⁉」

「ち、違います！　ただ、今まで見たことがないくらい綺麗な光景だったので、ちょっと見惚《みと》れてしまっただけです」

「ああ、そういうことか。まぁこれを使えるのは魔王だった俺くらいだし、そういう意味では、たった今、誰も経験したことがない珍しい体験をしたってことになるな」

「はい！　そう思うとなんだか得をした気分です」

まるで恋人のように仲睦《なかむつ》まじく話す俺とリルネット。そして、それを横から眺めるメイド服のアリス。

「あの……そろそろいいでしょうか？」

「「は、はい‼」」

シンクロする俺達の返事。アリスが淡々と尋ねてくる。

「それで、制御のほうは上手くいったんですか？」

「あ、ああ……そういう話だったな。大丈夫、君の主《あるじ》はこれまでの苦労から解放される——今、この瞬間をもって！」

「本当に……」

「心配なら、試しにその指輪を外してみるといい」

俺はアリスがはめている指輪を指差した。

「で、でも……」

「いいから外してみろ！　さぁ！」

アリスはゆっくりと指輪を外していく。

その様子を眺めながら、リルネットはこれまでのことを思い返していたようだ。

周囲からかけられる温かい言葉……その裏から伝わる冷たい本音……それに振り回されるだけだった人生が……今、終わりを迎える。

「聞こえない」

彼女は拭いきれないほどの涙をこぼした。

今日という日をもって、一人の少女は解放された。

5　王都への旅路①

　これまで縛られていた軛《くびき》から解放され、嬉しさのあまり涙を流し続けたリルネットが、ようやく落ち着きを取り戻し始める。

「あの、本当にありがとうございました」

「別に良いって！　さっきも言ったけど、二人にはこれからいろいろ協力してもらうことになるし、おあいこだよ」

「ふふっ、そうでしたね」

　どこか嬉しそうなリルネット。隣にいるアリスも、少し笑っているようだった。

「さっそくなんだが、最初のお願いをしてもいいかな？」

「はい、なんでしょうか？」

「そのかしこまった話し方やめにしないか？」

「えっ……ですが、貴方は魔王様で……」

「違うよ」

　リルネットが言い終わる前に、俺はその言葉を否定した。

それも少し強めに……

「今の俺は、ただの一般人だ」

「しかし本当は……」

「俺が元魔王なのは間違いない。だけど、それを知っているのはお前達だけだろ？」

リルネットははっとしたような顔をする。どうやら俺の考えを理解してくれたらしい。

これから先、俺は自分の正体を隠して生活していく。

その一方で――

「今の立場からすれば、俺は一般人で君は皇族だ……本来なら、私が貴女に敬意を表さなくてはならないのですよ？」

「や、やめてください！　貴方にそんな話し方をされるのは……」

俺がわざとらしくかしこまった話し方をすると、全力で否定するリルネット。

いや否定はしてほしかったけど、そんなに嫌がるか？　俺の言い方がそこまで気持ち悪かったのかな……

俺はちょっぴりショックを受けた。

ちょっと子供っぽい反応をしてしまったところで、三度の転生を経た俺の内面について解説しておく。俺の性格や精神は、転生する度に少しずつ変化している。

そもそも転生前の俺は、どこにでもいる普通の人間だった。毎日仕事に追われて疲弊《ひへい》し、酒の席で上司の愚痴《ぐち》を聞き、家に帰ってからその上司の愚痴を漏らして寝る。そういうつまらない毎日を繰り返していただけの俺が、なぜか勇者として召喚された。

勇者となった俺は、選ばれたことの嬉しさと、子供の頃に夢にまで見たファンタジー世界に来られたことに高揚し、仲間達と共に旅へ出た。正義感が乏《とぼ》しく、面倒なことはやりたくない性格だった俺も、人々に期待され、多くの人間が殺される現実や、仲間を失った悲しさを知り、次第に強い正義感と責任感を持つようになった。最後に魔王と対峙した時には、別人かと思われるほど勇者らしい性格になっていたと思う。

そんな俺が、二度目は魔族として転生した。種族が変わると、根本的な価値観とか倫理観もその種族のものに置き換わるらしい。魔王を目指すようになってからは、支配欲とか残虐な心も芽生えていった。それをなんとかギリギリで抑え込みつつ、俺は目的を果たしたのだ。

そして今回の転生、ただの村人として生まれた俺には、この世界に召喚される以前の人格が色濃く出ているようだ。しいて言うなら、普通の人間らしい性格。まだ一五歳ということもあり、幼さが残っている。もちろん勇者や魔王だった頃の考え方や性格もあるが、それらが混ざり合っている感じだ。

時々情緒不安定気味になるのは、その影響なので気にしないでほしい。

そんなわけで心を落ち着かせた俺は、改めて二人に向き合う。

「おほんっ、だから敬称とか敬語はやめよう。そのほうがお互い楽だろ？」

「そうですね――っじゃなくて、そうだね！」

「よし！　これからよろしくな。俺のことはレイって呼んでくれ。皆そう呼んでたから」

「わかった！　それじゃ、わたしはリルって呼んでほしいです。じゃなくて呼んでほしい！」

まだ慣れるのに時間がかかりそうだな。

「了解だリル、アリスも敬語とかいいからな？」

「いえ、私はこれがデフォルトですのでお構いなく」

「そ、そうなの？　ならいいけど……」

デフォルトって……ちょっと変わった子なのかなアリスは。まぁ、中身からして変な俺が言えることじゃないけどね。

アリスが尋ねてくる。

「それで、これからどうされるのですか？」

「そうだな～。とりあえず今の目標は、王都へたどり着くことなんだけど……」

俺は壊れた馬車に目を向ける。

俺の魔法で氷漬けになった馬と御者も一緒だ。すでにどちらも事切れている。

「馬車はともかく、馬と操縦者がこれじゃ、馬車で向かうのは難しいな」

「先ほどの回帰魔法？　とやらでなんとかならないのですか？」

「それは無理だね。回帰魔法は死体にだけは使えない。そもそも、こいつらを復活させる必要を感じないしな」

クロノスヴェールは対象の時間を戻す魔法だ。万物すべてに適用できるこの魔法も、死者を生き返らせることだけはできない。

もちろん、死者を蘇らせる魔法は別にあるし、俺は使える。

ただこの運転手を蘇らせた場合、この状況をどう説明する？　記憶を操作する魔法を使えば楽勝だけど、それも二度手間だ。

というかそもそも……

「こいつもあの男どもと共犯だったみたいだし、自業自得だろ」

「えぇ!!　そうだったんですか!?」

リルネットはそう大声を上げて大きく目を見開いた。

「驚きすぎだろ？　ていうか気付いてなかったのか？　ああ、こいつも指輪付けてたのね……」

心の声が聞ける彼女も、この指輪の前では一般人と変わらない。むしろ今まで、無意識に心の声に頼って善悪を判断していたのだろう。普通の人間よりも騙《だま》されやすくなってしまったようだ。

リルネットが沈んだ表情で言う。

「でも、どうしてそんなこと……」

「さぁな？　金に目が眩《くら》んだとかだろ。ということで馬車は使えない」

「でしたら徒歩で向かうつもりですか？　ここから王都まで、まだだいぶかかりますよ？」

「そうだな～」

と呟きつつ、俺は二人の身体を眺める。

二人とも細いな～……って嫌らしい目で見てるわけじゃないぞ？

単純に確認してるだけだ！

「よし、たぶん大丈夫だろう」

そう言って、俺は懐《ふところ》から例のアレを取り出した。

「それは一体……」

リルネットの疑問をスルーしつつ、俺は高らかに、召喚の角笛を鳴らす。

すぐさま、その音を聞いてあいつがやってくる。

俺の相棒――

「――また頼むよ！　アイネ！」

アイネはいつものように雄叫びを上げる。

「こ、これって……グリフォン？」

「いや～。そのくだりはこの前やったんだよな～」

俺は、リルネットの疑問を受けて、簡単にヒポグリフについて説明してあげた。

これからこいつを呼ぶ度に、毎回このくだりをやらないと駄目なのか？

「というわけで！　ここからはこいつに乗っていくぞ」

重量が心配だったが、二人の体型から察するにそこまで重くない。俺と合わせてもなんとかなるだろう。

先行して俺がヒポグリフに跨《またが》る。

「ほら、早く来い」

手を伸ばすと、リルネットは恐る恐る俺の手を取った。

そして、俺にしがみつくように乗り込む。その後ろにアリスも乗る。

「さぁ――出発だ!!」

三人を乗せたアイネが天を舞う。

そこから見える景色に、二人の少女は目を奪われていた。

「すごいだろ?」

「うん!」

風を切り、天馬は王都へ向かった。

† † †

「少しは慣れてきた?」

「うん!」

「そっちは？」

「私も問題ありません」

襲撃を受けた地点からヒポグリフに乗った俺達は、しばらく上空を移動していた。

ヒポグリフの移動速度は、本気を出せば音速を超える。俺は強化魔法を併用しながら乗っていられるけど、普通の人間は魔力量的に難しい。この二人の魔力量は常人と比べて多いほうだけど、それでも長く保《も》たないだろう。

だから今は、速度を少し落として飛んでいる。それでも十分速いので試験日までには間に合う。それどころか、数週間も早く着いてしまうだろう。

俺は軽いノリで二人に提案してみる。

「あのさ、二人とも、どこか行ってみたい場所とかない？」

「行きたい場所？」

「急にどうしたのですか？」

二人は俺の意図がわからず首を傾げている。

「いやこのペースで行くとかなり早く着くんだよ。休憩とかを考えてもさ。だから、どうせだったら観光でもしていこうかと」

どのみち、最初からまっすぐ王都まで向かうつもりじゃなかったし。ただ、どこに寄っていくかは決めていなかった。そもそも、そこまで情報がなかったからな。

「俺は今の時代について詳しくないから、どこが有名だとかわからないんだよね。二人なら良いスポットとか知ってるかと思って」

「う～ん、確かにレイよりは知ってると思うけど……わたしもあんまり外へ出たことなかったから」

あーそういえばそうだった。改めて不憫《ふびん》だと思ってしまった。眼を押し付けるように与えて、その後はなんのフォローもなし、神ってやつは本当に面倒な連中だ。

俺は適当な感じで言う。

「それじゃ、飛びながら探してみるかな」

「うん。わたしも良い場所のこと、思い出したら言うようにする」

「おう。アリスも頼むよ」

「わかりました。ではさっそくですが――」

アリスはそう言いながら視線を下へ向けた。俺もそれに釣られて視線を下げる。

「あれはなんなのでしょうか？」

アリスが指し示した方向にあったのは、広大な森の中に潜《ひそ》むようにある石の建造物だった。

「なんだあれ？　遺跡か何かか？」

石の建造物は変わった形をしていた。森林と一体化しているせいで全体像はよく見えない。中央に小さな神殿の形をした建物、周囲に砦《とりで》のような壁があり、その間には庭らしき空間がある。

人為的な建物であることは明白だ。よく見ると、その周辺だけ大地が盛り上がっているように感じられた。

「リルはどう思う？」

「私？　えっと、遺跡……だとは思う。だけど私が知ってる限りだと、この地域に遺跡なんてなかったと思うんだけど……」

「ってことは、未発見の遺跡なのか？」

遺跡だとしたらいつの時代の物だろう。この距離からじゃ細部の構造まではわからない。俺の記憶でも、この地域には遺跡なんてなかった。といっても一〇〇〇年前と七〇〇年前の記憶なんだけど……

「ちょっと降りてみるか」

「えっ？　大丈夫かな……」

リルネットは不安そうな声で言った。

「たぶん大丈夫と思うぞ。見た感じ魔物の気配はないし、仮に何かあっても俺がいればなんとかなるし」

最悪の場合はアイネを呼んで逃げれば良い。そうそう最悪の事態なんて起こらないと思うけど。

「レイがそう言うなら」

「私はお二人についていきます」

「よし、それじゃ行ってみるかな。アイネ！　下へ降りてくれ！」

リルネットとアリスの返答を受けて俺がそう言うとアイネが鳴く。

アイネはそのまま少しだけスピードを速めて降下した。向かったポイントは、庭らしき地点。その中でも噴水のような建造物がある場所だ。

着地した後、俺達三人はアイネの背中から飛び降りた。

「ご苦労様」

俺はアイネの頭を撫でた。本来なら一旦帰ってもらうところだけど、そんなに長く滞在するつもりもないし、ここで少し待っていてもらうとしよう。

「ちょっと、ここにいてくれ」

アイネは鳴くことで返事をした。

「さてと、まずは周囲の探索だな」

俺は周りを見渡した。上空から見た通り敵の姿はなく、その気配さえも感じられない。おそらく今ここにいるのは俺達だけだろう。

リルネットも周囲を見渡して言う。

「今のところ安全みたいだね」

「ああ」

建物の構造は小さな神殿といった感じだ。すでに風化しており、崩れてしまっている部分もある。

俺は近くにあった柱に触れ、それをじっと見つめた。

「これは……」

「何かわかったのですか？」

尋ねてきたアリスに、俺は答える。

「いいや、大したことじゃないんだが、ただ少なくともここ数百年のうちに造られた物じゃない。もっと前……俺が勇者だった時代、もしくはもっと前の建物だな」

「そんなに前の？　でも、そこまで昔の物ならもっと崩れてそうだし……こんなにも形が残ってないと思うけど」

リルネットの意見は正しい。彼女が言うように、一〇〇〇年以上前の建物であればもっと状態が悪いはずだ。

しかしそれは、普通の建造物だったらの話。

「二人とも、この柱をよく見てくれ」

俺に言われたように、二人は柱の近くへと寄る。そして目を凝らして見ると、二人ともあることに気付いたようだ。

リルネットが口を開く。

「何これ？　石の中に木の根が混ざってる？」

「正解。ただの石でできた柱のようだけど、よく見るとそうじゃないんだ」

柱にできている割れ目、そこを覗き込むとわかる。石の中に根が張られている。表面からではわからないが、内側にだけ根が混ざり込んでいるのだ。

さらに俺は続ける。

「そして、この根を持つ木は現代にはない。それどころか一〇〇〇年前ですらすでに絶滅してしまっている。ルートと呼ばれる、神代にのみ繁殖していた木だ」

「神代⁉　ということは……」

「そう、ここは神代の遺跡ってことだな」

驚き、無言になってしまう二人。神代の遺跡なんて言われたら、そりゃ驚くよな。俺も三度目じゃなかったら、二人くらい驚いていたと思う。

さらに俺は、この遺跡について推測してみる。

「それも、単に居住のために造られたってわけでもなさそうだ」

「どうしてそう思うのですか？」

ぽかんとした表情のリルネット。俺はちょっと自慢げに解説していく。

「このルートの木にはな？　変わった特徴があるんだよ」

「変わった特徴……ですか？」

「ああ、魔力を流すことができるんだ」

「魔力を？」

「この根を使えば、建造物に魔法をかけたり、離れた場所に魔法を使ったりもできる。これが柱に……いや、この遺跡全体に張り巡らされているとしたら、ここは要塞《ようさい》か何かだったんだろう」

二人は二度目の驚きを見せた。

まぁ、要塞と決めつけるにはまだ早いか。何も戦闘に使うだけが魔法じゃないし、神代に俺達の常識は通じない。何せ神が生きた時代だからな。そもそも常識なんてものは存在していないのだ。

リルネットが尋ねてくる。

「レイ、この木って一〇〇〇年前にはなかったんだよね？」

「そうだけど？」

「それじゃあなんでレイ、この木のことを知ってるの？」

ご尤《もっと》もな質問をしてきたな。

「あーそれはな、勇者時代に挑戦した迷宮《ダンジョン》が同じ構造をしてたんだよ。これがルートの木だってわかったのも、その迷宮にあった書物を読んで知ったんだ」

「へぇ～、迷宮かぁ～、どんな所だったの？」

「ん？　どんな所ねぇ……それを話そうと思うと結構時間がかかるから、また今度ゆっくりね」

リルネットの質問に適当に返しながら、俺は遺跡中央にあった神殿らしき建物に視線を向けた。

「今は、この遺跡がなんなのかを確かめに行こうか」

神代の遺跡、その正体とは？

6　王都への旅路②

遺跡中央にある神殿のような建造物。おそらくその中に、この遺跡の正体を知る鍵がある。そう考えた俺は、二人を連れて中へ入ることにした。

庭からまっすぐに建物へ向かう。その道中にも気を配り、見渡しながら歩いていると、アリスが何かに気付く。

「レイ様、あれはなんでしょう？」

そう言って彼女が指を差したのは、薄紫色の水晶がはめ込まれた塔状のオブジェだった。俺は近づいて確認する。水晶には傷一つなく、それをはめ込まれた台は柱と同様の造りだった。

「おそらくなんらかの装置……魔道具の一種だな」

「装置ですか」

機能は停止しているし心配はないと思うが、念のために触れないでおく。そうして中央へと進路を戻す。

中央の建物には門のような入り口があった。扉はなく、石でできたその門を潜れば中に入ることができる。中は予想通り神殿のような構造になっていた。

「思ってたより簡素だな」

外観からして二階建てかと思ったが、単に天井が高いだけでフロアは一つしかなかった。そんな広い空間の奥に、見慣れないオブジェがある。

リルネットがそれに目を向けて尋ねてくる。

「これも何かの装置かな？」

「だろうな」

俺達はそのオブジェに近寄って確認した。大きな机のような見た目で、上の面は石板のようで少し斜めに傾いている。他の構造物と違って、これにはヒビ一つ付いていない。

神殿内部にあったから劣化していない？　というわけではないらしく、現に周囲の柱や壁は劣化している。このオブジェだけ綺麗すぎる。おそらく素材も構造も他とは違う。

そして石板には奇妙な模様が刻まれていた。中心に円が描かれ、そこから無数の線が外へ延びている。

「ここに触れろってことか？　ちょっと試してみるかな」

「だ、大丈夫かな？　いきなり爆発したりとか……」

「いやさすがにそれはないだろ。そんな仕掛け意味がない。罠にしても、大きすぎて無駄だしな」

触れれば何かが起こるかもしれない。古い建造物だし何も起こらない可能性が高いけど、このまま
まじゃこの神殿の正体はわからず終《じま》いだ。危険かもしれないのはわかっている。

だから俺は、すぐにこの場を離れられるように心構えをし――

「さて、鬼が出るか蛇《じゃ》が出るか……」

警戒しながら手を置いた。瞬間、全身を激しい倦怠感《けんたいかん》が襲う。

俺の魔力が――吸われている？

そのことに気付き手をどける。一瞬で気付くことはできた。しかし一瞬で大幅に魔力が吸われてしまった。そして、石板の模様が青白く光りだし、円から外へと光が流れていく。

「二人とも外へ走れ！」

芳《かんば》しくない状況を察知し、咄嗟に指示を出す。

二人もそれに反応し、三人ですぐさま神殿の外へ出た。ちょうどそのタイミングで地響きが起こる。遺跡全体が、いや森全域が揺れている。

「な、何が起こったの？」

リルネットは怯えと驚きの混ざった声で言う。

「考えるのは後だ！　先にここから出るぞ！　来い、アイネ！」

俺達のもとへアイネが飛翔してくる。俺達は素早く騎乗し空へ飛んだ。そして上空から下を見る。

揺れていたのは遺跡ではなく、森全体だったらしい。盛り上がった土地全体が小刻みに振動している。そうして徐々に周囲から切り離され、次第に大地との距離が離れていく。

つまり、浮上しているのだ。

「う、嘘!?」

「森が浮いて……」

リルネットとアリスが驚きの声を出す。驚いているのは彼女達だけではなく俺もだが、俺は思考を巡らせる。

遺跡を含めた森全体が宙へ浮いた。さらに高度を上昇させていく。それを避けるようにアイネは旋回し、浮遊した大地から離れる。

一定の所まで高度を上げた後、浮遊する大地は上昇を停止した。

神代にしかない木の根、要塞のような構造、そして浮遊する大地……そうか、そういう遺跡だったのか。

「この遺跡の正体がわかったぞ」

「えっ、本当!?」

「ああ、この遺跡の正体は――っ!?」

それを口に出そうとした時、浮遊する遺跡から無数の光が放たれる。

濃い紫色の光は、凄まじい速さでアイネに騎乗した俺達へ向かってきた。それを攻撃だと認識した俺は、咄嗟に魔法陣を展開し防御する。

「ぐっ……」

直接のダメージはないが衝撃には襲われた。アイネは後方へ吹き飛ばされながらも瞬時に体勢を戻す。二人は落されないよう俺の身体にしがみ付いた。

「二人とも大丈夫か？」

「うん、なんとか」

「私もです」

二人とも外傷はないらしい。それにしても、まさかいきなり攻撃してくるとはな。

「レイ、なんなのあれ？」

「あれは古代兵器だよ」

俺は攻撃によって中断された話を再開する。神代に造られた古代兵器。それがこの遺跡の正体だった。

「浮遊要塞ルフトレブラ……神代に造られた移動式の要塞。俺も実物は初めて見るよ」

この世界のどこかにあるという噂は聞いていた。勇者時代も魔王時代もその噂の真偽を確かめるべく探索を重ねたが、結局見つけられず噂は噂にすぎないという結論に至った。それがまさか三度目の転生で、こんな風に偶然見つけるなんて。

アリスが尋ねてくる。

「古代兵器……ですが、なぜ急に起動を？」

「それはたぶん、この森に魔物が一切いないことが関係していると思う」

「魔物ですか？」

「不自然だと思わなかったか？　これだけの森があって、全く魔物がいないなんて」

魔物にとっては棲みやすい領域のはずだ。そうでなくてもこれだけ広範囲の森ならば、数匹は棲みついていてもおかしくない。それが一切いない理由は、この遺跡にある。

「おそらくこの遺跡は、森に侵入した者から魔力を吸収して蓄えていたんだ。それもほんの少しずつ。短時間しかいなかった俺達では気付けないほど少量ずつ吸収していた。長く滞在するような人間は今までいなかったのだろう」

そうして起動に必要な魔力を集めていたところ、さっき俺の魔力を大量に吸った。それが決め手になって起動したんだ。

「でもなんで攻撃されたの？　わたし達まだ何もしてないのに！」

「まさか操縦者がいるのでしょうか？」

声を上げるリルネットに続いて、アリスも尋ねてくる。

「いや、あれは自動防衛機能だ。それも……」

その最中、一匹の鳥がルフトレブラの付近を飛んできた。もちろん敵意などない。それにもかかわらず要塞は鳥を攻撃し、撃ち落した。

「……あれは壊れてるな。動く者を無作為に、もしくは魔力を持つ者を攻撃するようになってる」

ルフトレブラが移動を開始する。

「まずいな。人里にでも向かったら大変なことになるぞ」

「そ、そんな！」

リルネットが慌てて声を上げる。

おそらく並の魔術師が何人集まっても止められない。あれが多くの人間が住む集落に行けば、大きな被害が出てしまうのは免れない。

つまり――

「ここで食い止めるしかない！」

俺は空に右手をかざした。

そして、要塞を覆い隠すほど巨大な魔法陣を展開する。

【氷結魔法：ヘイルテンペスト】!!」

巨大な氷の柱が魔法陣から出現し、無数に生まれたそれらはルフトレブラへ降り注ぐ。

本来こんな大規模な魔法、周囲への被害を考えて使えないけど……ここには誰もいないし、すべて遺跡に落とせば問題ない。

しかし、氷塊は遺跡に届く前に破壊されていく。

「くそっ、結界か！」

上空に張られた結界によって、氷塊は衝突して破壊されていた。目を凝らすと、すでに結界はルフトレブラ全体を覆うように展開されている。

「なかなか硬い結界だな」

「何か来るよ！」

リルネットが声を上げる。

ルフトレブラの中心部から、無数の飛行物体が現れた。形状はホームベースのような五角形で、中心部には庭で見た薄紫色の水晶がはめ込まれている。飛翔しながら俺達のほうに接近してくるそれは、水晶から光を放った。

「――っ、アイネ！」

俺の声でアイネが大きく高度を下げる。直撃する寸前のところで、アイネは光を回避した。

今のは魔力弾……そうか、さっきも水晶から光線が出ていたんだな。最初の攻撃は、庭に設置されていた水晶から出ていたのか。

俺は飛行する遊撃装置に狙いを定める。

「撃ち落とす――【光魔法：クラルバレット】」

複数の魔法陣を展開。その魔法陣から白い光の魔力弾を発射し、接近する遊撃装置を破壊していった。

「やった――えっ？」

喜んだのも束の間、リルネットは目撃する。

遺跡の中心部からさらに放出される遊撃装置。その数はもはや数えることすらできない。どんどん増えていく。

最終的には、ルフトレブラを覆い隠すほどの数になってしまった。

「おいおい……」

遊撃装置は俺達の前に、壁のように存在していた。

「まさに圧巻だな」

「暢気《のんき》に言ってる場合ですか!?」

普段冷静なアリスも焦りを見せている。実際、眼前で広がる光景は凄まじいものだった。しかし、俺は気の抜けた態度で答える。

「大丈夫だよ。こういう兵器っていうのは、たいてい中心部に核が存在するんだ。そこを破壊すれば機能を停止する」

「だからなんだというのですか？　仮に核があったとしても、そこへたどり着けなければ意味がありません！　そもそもどうやってその核を探すのですか？」

「探すことに関しては、彼女の眼に頼ろうと思ってる」

怒るアリスをいなしながら、俺はそう言って振り向く。俺の視線の先にはリルネットがいた。驚くリルネットに俺は告げる。

「神眼っていうのは、そういう物も見えるんだよ」

「わたしの眼……」

「やれるか？」

リルネットは葛藤《かっとう》しているようだった。だが、この状況にはその眼が必要だ。たぶんそれを彼女も理解しているはずだ。

だからこそ彼女は、溢れ出る感情をぐっとこらえるようにして答えた。

「うん！」

「よし！」

「待ってください！　リル様は……」

アリスが止めに入るが、リルネットは首を横に振る。

「わたしは大丈夫だよ、アリス。だけど、使うにはやっぱりもっと近づかないと……」

行く手を遮《さえぎ》る無数の敵に、遺跡は隠されている。少なくともあれをどかさない限り、核は探せない。もちろん俺もそれはわかっている。

「大丈夫だって言ったろ？　ちょうど良い機会だし、見せてやるよ――」

俺が右手を横に上げる。そして手を開き力を込める。するとその手に光が集まり、光は槍に変化した。太陽のように明るいオレンジ色で、鮮やかな模様のついた槍。

俺はそれを握り、こう宣言した。

「かつて勇者と魔王だった男の力を」

そして俺は口角を上げ、アイネに向かって言う。

「久しぶりに暴れるぞ！　準備は良いか？　アイネ!!」

アイネは高らかに鳴き声を上げて返答する。

「よし！　二人ともしっかり掴まってろよ！」

アイネが天を駆ける。それに合わせて遊撃装置も動き始める。

急接近してくる遊撃装置に対し、俺は手に持った槍で応戦し、アイネは華麗に敵の攻撃を躱《かわ》していく。接近してきた遊撃装置を、俺が槍で貫き破壊する。貫かれた部分は、熱で溶かされていた。

ちなみにこの槍は、「神槍《しんそう》ブリューナク」という。太陽神ルフの残した遺物《いぶつ》であるこの槍は、触れた物を太陽の熱で溶かして貫く。勇者時代に、とある試練を受けた際に手に入れたものだが……

今はその話をしてる場合じゃない。

「レイ！」

リルネットに注意喚起され、俺は次々と遊撃装置を破壊していく。

すると今度は、複数が寄り集まって文字通りの壁を作り出した。それで俺を止めるつもりだろうが――

「関係ない！」

俺はブリューナクを前方に構え、そのまま突進する。壁は難なく溶けて貫かれた。そしてついに、大量の遊撃装置の壁を抜けることに成功した。すぐさま俺はリルネットに視線を送る。

「リル！」

「うん！」

リルネットが神眼を発動する。彼女は遺跡の中心部から魔力が流れていくことを確認したらしい。

「見つけた！　石板のあった場所の真下だよ！　それもかなり大きい！」

「よくやったリル！」

アイネは遺跡の斜め上へ急上昇する。そのまま遺跡中心に向きを変え、空を蹴って突進——俺の持つブリューナクと結界が衝突する。

「うおおおおおおおおおおお」

結界と槍がぶつかり合う激しい音が響く。

この結界は強力で、おまけに全体を覆うほど巨大だ。簡単には破壊できないだろう。

ただし、結界すべてを破壊しなくても、一部を貫いて中に入れさえすれば——

「破壊できる！」

結界を溶かし、貫くことに成功した。できた穴を通って、俺達はそのまま中へ侵入する。俺は槍を持ち直すと、頭上に構え——

「貫け！　ブリューナク‼」

槍を投擲《とうてき》した。

槍は太陽のように眩《まばゆ》い輝きを纏い、ルフトレブラの核へ向かって飛んでいく。そして、目で追うことすら不可能なスピードまで加速し、そのまま核を貫いた。

核を破壊されたことで、展開していた結界は消失し、飛行していた遊撃装置も機能を停止した。

やがてルフトレブラ本体も崩壊を始める。

浮遊していた遺跡はゆっくりと落下し、大地を抉《えぐ》って着地する。

そんな光景を眺めながら俺はため息をつく。

「ほんと、誰もいなくて良かったな」

「うん……」

「そうですね……」

こうして突如として始まった古代兵器との戦いが幕を下ろした。

7　王都の街

それから時は進んで――

視界のすべてを遮るような壁がある。右を見ても壁が続き、左を見ても壁が続いている。壁の向こうへはこの門を潜っていく。そそり立つ壁よりも一回り小さい門だ。

小さいと言っても、壁よりはという意味で十分巨大だ。手前には門番がいて、不当に侵入する輩《やから》がいないか監視していた。

そこへ俺達が近づいていく。門番と会話をしてから、閉ざされた門の前に立つ。ついに……門は開かれ、向こう側の景色が見えた。

「――ここが王都か」

何度か寄り道を挟みながら、俺達はついに王都へたどり着いた。噂に聞いていた以上の光景が瞳に映る。芸術的とも近代的とも言える建築物が立ち並び、そこをたくさんの人々が往来している。

繁栄と進化の象徴、それが王都だと伝え聞いていたが、まったくその通りだ。

店には見たことがないような商品が並んでいる。過去に比べて魔法が退化してしまった代わりに、他の未発達だった文化や技術が進化を遂げているのだろう。

これが進化の形――現代における最新の景色か。

「すごいよね、王都って！　何度見ても圧倒されちゃうな～」

俺の後ろからリルネットが顔を出す。

「アストレア皇国も負けていませんよ？」

さらにそう言って現れたのは、アリス。

「何張り合ってるんだよ。すごい物に勝ち負けとか関係ないだろうに……」

「確かにそうですね。勉強になりました」

「二人とも！　受付だけ先に済ませに行こうよ！」

変な納得の仕方をするアリスに続いて、リルネットが楽しげに言う。

「そうだな」

王都に到着するまでの一週間。俺達は互いを知るために、いろいろな話をした。

好きな物に嫌いな物、得意なことと苦手なこと、将来の夢や過去の出来事……本当にいろいろ話した。絆《きずな》はすぐには築けない。それでもこの一週間で、俺達は互いのことを知った。絆と呼ぶには足りないにしても、仲は結構良くなったと感じている。

俺達は受付の場所まで向かった。

† † †

そこは試験が開催される場所、そしてその後に青春を過ごす場所——王立魔法学園である。

「立派な建物だな～」

青を基調としたデザイン。以前俺が住んでいた魔王城に似ている気がする。俺と美的センスが近い奴が作ったのかな。

「何してるの？　置いてっちゃうよ～」

リルネットが声をかけてきた。気が付くと二人は入り口付近まで進んでいた。

「今行く！」

俺は急いで後を追った。

扉を開けると、ロビーが広がっていた。幻想的でいかにも魔術師がいそうな雰囲気をかもし出している。やっぱり魔王城に似ている気がする。

そう感じながらまっすぐカウンターまで進んでいく。だだっ広いだけの空間があり、何人もの若者が屯《たむろ》していた。ここにいるということは、入学審査の申し込みに来たのだろうか？

ふと、周囲からの視線を感じる。敵意というより不審者を見るような眼差し。得体の知れないものを見る目だった。あまり良い感じはしない。どちらかと言えば嫌な気分だ。

リルネットが声をかけてくる。

「大丈夫、たぶんレイじゃなくてわたしを見てるんだと思うよ」

「そうなのか？」

「うん……わたしは、結構有名人だからね」

そう言ったリルネットは、どこか悲しげな顔をしていた。

「それって良い意味で……じゃなさそうだな」

「うん……」

リルネットは特別な力のせいで、数多くの勢力から狙われていた。その影響もあり、魔術師だけでなく一般人にまで、彼女の噂は広がっている。アストレア皇国の皇女は、他人の心を覗き見ることができる。故に彼女は、こう呼ばれていた。

呪われた皇女——覚姫。

「……」

「大丈夫だ」

俺は、黙ったままのリルネットの頭に、そっと手を載せた。そして、優しく告げる。

「お前はもう解放されている。だから、これからは良い意味で有名になれるように頑張れば良い――俺も、手伝ってやるから」

リルネットは嬉しそうな笑顔を見せた。

それから受付を済ませ、俺達は学園を後にした。

試験は今から一週間後の正午。それまでは何をしていても構わないらしい。

「まずは宿を探さないと」

これから一週間野宿なんて御免だ。村暮らしで使い道もなく、貯まりに貯まった貯金もある。どうせなら良い宿に泊まりたいものだ。

そんな風に思っていたら、リルネットが言う。

「あー、それなら心配いらないよ？」

「えっ？」

場面は変わり、俺の目の前には立派な屋敷が立っている。

なんだ？　この屋敷……リルネットに案内されるままについてきたら、よくわからない所に到着したぞ？

「あのさリル、この屋敷は？」

「今日からわたし達はここで生活するんだよ！」

なるほど。人の気配はないし、空き家《あや》ってことか。確かに住めなくもないけど――

「いやいやいや、人が住んでないからって、さすがに勝手に使うのはマズイだろ？」

俺がそう言うと、リルネットはポカンとしていた。そして首を傾げながら口を開く。

「何言ってるの？ ここはアストレア皇国が所有する屋敷だよ？」

「……」

そうだった。

最近慣れてきて忘れてたけど、リルは本物の皇族だった……そりゃあ屋敷の一つや二つ持ってて当然だよね？ 俺とは持ってる資産が違うよ。

「でもいいのか？ 俺はお前の国とは縁もゆかりもない普通の村人だぞ？」

一応言っとくと、俺は元勇者で元魔王なので普通の村人というと語弊はあるが、縁もゆかりもないことは確かだ。

「いくら皇女でも、俺みたいな無関係な人間を私有地へ入れるのは……」

「無関係じゃないよ」

屋敷の中へ進む途中だったリルネットは俺の言葉を遮ると、そう言って振り向く。

「私はレイに助けてもらった。だからこれくらいはしないと、恩返しにもならないよ」

彼女は笑顔だけど、どこか申し訳なさそうな表情で言った。

「そうだったな」

これまでずっと腫れ物に触るように扱われ、周囲から避けられてきたせいだろうか。彼女はその高貴な身分にしては違和感があるほど自信がなさげだった。神眼を制御できるようになっても、これまでに傷つけられた心はそう簡単に癒えることはないのだろう。

やれやれ、これはまだ時間がかかりそうだな。

8　アリス・フォートランド

案内された屋敷は、リルネットの故郷アストレア皇国の持ち物だった。

今日から俺達は、一緒にこの屋敷で生活する。

「わかってたけど、広いな……」

中へ入ってすぐ、広々としたロビーがあった。

さっきまでいた魔法学園の受付ロビーと遜色《そんしょく》ない迫力だ。

「なぁリル、この屋敷って俺達しかいないのか？」

「そうだけど？」

「使用人とかもか？」

「いないよ？　一緒に来てくれたのもアリスだけだから」

「それって大丈夫なのか？　この屋敷かなり広いぞ？」

リルネットの話では、アリスも一緒に学園へ入学する予定だ。つまり、日中は屋敷に誰もいないということになる。昼間学校に通いながら、屋敷のことをアリス一人に任せるのは、さすがに無理があるんじゃないか？

「問題ありません。私一人で十分です」

「いや、さすがに一人で全部やるのは大変だろ？　掃除とかなら俺も手伝えるから……」

「結構です」

「そ、そうですか……」

せめて最後まで言わせてくれよ……

それにしてもなんだろう。俺は、彼女に嫌われているのかな？

王都に到着するまでの間、俺はリルネットだけでなくアリスとも話をした。でもその時から、彼女の俺に対する態度はこんな感じだった。

特別何かしたわけでもないけど、無意識に何か失礼なこととかしてたのかな？　もしそうなら謝りたいけど、生憎《あいにく》心当たりはないし……

「それでは私は夕食の準備をします」

「うん！　よろしくね！」

「かしこまりました」

「俺も手伝――」

「結構です」

「……」

またしても最後まで言う前に拒否された。

俺は大きくため息をつく。

「やっぱ何か嫌われるようなことしちゃったのかな～」

「え、嫌われるってアリスに？　なんでそう思うの？」

「いや、あの態度だぞ？　どう考えても嫌われてるだろ」

「そんなことないと思うけどな。むしろ好かれてると思うよ？」

この娘は何言ってるんだ？

あの態度のどこを見て、その発想が生まれるんだ？

「なんでそう思ったんだ？」

「えっ？　なんでだろう……なんとなく……かな？」

「なんとなくって……」

根拠はなしってことだな。

「でも、たぶん嫌われてはないと思うよ。あの態度もきっと、信用してるからかしこまったりしてないだけだと思う」

「そうなのかね〜」

どうにもそうは思えない。

納得できないままこの話は終わった。

それからは、夕食をとった後に風呂を済ませ、案内された自分の部屋のベッドに飛び込んだ。

この数日ずっと動き回っていたし、さすがに疲れが溜まっている。

俺は横になってすぐに寝入ってしまった。


「……」

なんだ？

急に身体が重くなったぞ……

それとすぐ近くに誰かがいる……

部屋に誰かが侵入する気配と、謎の重さで目が覚めた。

俺は謎の正体を確かめるため、ゆっくりと目を開く。

するとそこには——

「——っな!?」

「静かにしてください。リル様が起きてしまいます」

そこには下着姿で俺に跨《また》がっているアリスがいた。

なんなんだこの状況は……

「何してるんだ？　まさか暗殺にでも来たのか？」

そこまで嫌われてるのか？

「違いますよ」

良かった！　違ってた！

でも、だったら何しに来たんだ？

「じゃあなんだ？　夜這《よば》いでもしに来たのか？」

俺は軽い冗談のつもりでそう言った。

「なんてそんなわけな――」

「そうです」

「つぶ!!」

正解かよ!!

ビックリしすぎて噴き出したぞ！　冗談で言っただけなのに……本気なのか!?

「ア、アリスが冗談言うなんて珍しいな」

「冗談じゃないですよ。本当に夜這いに来ましたから」

冗談じゃなかった‼

なんなんだこの娘は……本気で俺に夜這いをしかけに来たのか？　確かに下着姿だし、本気っぽいな……

この状況……全くわからない……だけど――

「どうしたんですか？　急にホッとしたような顔をして」

「ん？　いや安心しただけだ。俺はてっきりお前に嫌われてると思ってたからさ？」

この様子だと、リルネットの言ったことが正しかったらしい。好かれているかはともかく、嫌われてはいなかったみたいだ。

この状況には困っているけど、それがわかったことに俺は安堵していた。

「嫌う？　貴方をですか？」

「ん、そうだけど？」

「それはありえません。私は、貴方にとても感謝しています」

「そうなのか？」

「はい」

そんな態度には見えなかったけど……

「貴方はリル様を救ってくださいました。ずっと苦しんでいたあの方を……私を救ってくれた優しいリル様を……」

「アリスを救った？　リルがか？」

「そうです」

そこからアリスは、自らの過去を語りだした。

「アストレア皇国では昔から、黒を不吉の象徴として扱う風習があるんです」

「黒を？　変わった風習だな」

「そうですね。その風習のせいで、私は幼い頃から迫害を受けていました」

彼女の髪色は黒。アリスは、黒を身に纏って生まれた少女だった。

「この容姿のせいで親に捨てられ、ずっと暗い路地で逃げるように生きていました……そんなある日、リル様と出会ったのです」

後から聞いた話によると、小さな頃からリルは神眼を発現していたらしい。

そのことを知られたことで周りの視線が変わり、聞きたくもない本心を聞かされ、辛い思いをしていたようだ。だから、アリスを放っておけなかったのだろう。自分と同じように……いや、自分よりもずっと前から苦しんでいたアリスを……

「あの方のお陰で、私は救われました。だから今度は、私の番だと思っていました……でも、何もできなかった。私じゃあの方を救えなかった」

声を震わせるアリス。部屋の明かりが点いていないからハッキリしないけど、きっと彼女の目は涙で潤んでいるだろう。

「私が救えなかったあの方を、何よりも大切な人を……救ってくれたのが貴方なんです。感謝しています。だから、どうにかして貴方に感謝を伝えたかった！　喜んでほしかった！　……でも、どうすれば貴方が喜んでくれるのかわからなかった……」

「それで夜這いか？」

「はい……無力な私にできることは、これくらいしかなかったので」

なるほどな。アリスが何を想い、何を伝えたかったのか……それがようやくわかった。

でも――

「アリス、お前は勘違いしてるぞ」

「勘違い……ですか？」

「そうだ」

「それは……私程度の身体では、貴方を満足させられないということですか？」

「違うよ……べ、別にそういう目で見てはないからな!?」

いや、ちょっとは見てるかもしれないけど……

この状況なら仕方なくないか？

「それでは一体なんだと言うんですか？」

「そうだな。お前は二つ勘違いをしてる」

「二つ？」

「一つ目は、リルはまだ救われてないってことだ」

「えっ、ですが神眼は――」

「ああ、神眼の制御には成功してる。でもな？　それはあくまで原因を取り除いただけに過ぎないんだよ」

リルネットを苦しめていた原因は、間違いなく神眼だ。でも、実際に彼女の心を蝕《むしば》んだのは、神眼によって聞こえてくる声。

「神眼は制御できても、そのせいで広まった評判は変わらない……あいつはまだ、覚姫のままなんだよ」

一度広まってしまった噂は、そう簡単になくなったりはしない。

たとえ今の彼女が力を失っていたとしても、そのことを知らない周囲の人間には、彼女は変わらず化物に見えているだろう。

「今、リルの眼が制御できていることを周囲の人間は知っているのか？　知らないだろ？　そう、知らないんだよ……それを知っているのは、俺達だけなんだ」

「そう……ですね……でも、それはこれから広めれば――」

「信じると思うか？」

「っ――」

「仮にその話を、アストレア皇国でしたとするぞ？　それを聞いて、一体どれだけの人が信じる？

今は心の声が聞こえません。だから大丈夫です……なんて言われて、お前なら信じられるか？」

「……」

彼女の沈黙は肯定として捉えるべきだろう。

そう、誰も信じてはくれない。

そもそも、彼女の眼が神眼であることすら誰も知らなかった。それに加えて、周囲の人間は俺の正体を知らない。

どこの誰かもわからかない男がいくら吼《ほ》えたところで、誰も振り向いてはくれないだろう。

「もうわかっただろ」

「……」

「それを踏まえて、もう一つの勘違いも教えよう」

アリスがしている勘違いは二つ。

一つは今言った通り……そしてもう一つは――

「お前が恩を返すべきは俺じゃなくて、リルのほうだろ？」

「――!!」

「お前はさっき言ったよな。リルが自分を救ってくれたって……だったらお前が本当に感謝を示したいのは、リルだろ？」

アリスを救ったのはリルネット。

俺はアリスに何もしてあげていない。

「そしてあいつの置かれた状況は、まだ何も変わっていない……これからどうなっていくのかは、リル自身の行動と……お前次第だ」

「私……ですか？」

「そうだ。これからもリルは、広がってしまった悪評に苦しめられるだろう……そしてリルなら、それを変えようと努力するはずだ。そんなあいつを支えるのが、お前の役目だ」

俺はあくまできっかけを作ったに過ぎない。リルネット自身が行動しなければ、周囲の彼女に対する偏見は変わらない。

きっとこれから、彼女は何度も壁にぶち当たるだろう。

「あいつを支える――それはアリスにしかできないことだ。これまで苦しんできたリルを……ずっと傍で見てきたお前にしか」

「私にしかできないこと……」

アリス自身は気付いていないだろう。

リルネットが、アリスの存在にどれだけ救われていたのか……

誰かが傍にいてくれる。孤独じゃないと思えるだけで、どれだけ彼女の心に安らぎを与えていたのか。

「だから支えてやってくれ。リルはきっと、お前を頼りにしてるから」

「――はい」

アリスの目から涙がこぼれる。

その涙が、俺の頬を伝っていく。

俺は、彼女の頬に触れ、その涙を拭ってあげた。

「ありがとうございました。私、頑張ります。リル様が幸せに生きられるように」

「おう、頑張れ！」

「はい。でも、やはり貴方への感謝も変わりません」

「えっ、まだ言ってるのか？　さっきも言っただろ？」

「わかっています。ですが貴方がいなければ、きっかけすら掴めていませんでした」

「まったく律儀な奴だな。別に俺だって無条件で助けたわけじゃない。ちゃんと見返りを要求しただろ？」

俺がリルネットの眼を制御する時に提示した条件――それは、今後の俺のサポートをしてもらうことだ。

「そもそも、お前はリルのメイドだろ。俺についているわけじゃない。俺の支配下に入ったリルが、俺に何か奉仕するとかならわかるけどさ？」

「でしたら、メイドである私も――」

「違うよ。俺が支配下に置いたのは、あくまでリル個人だ。お前は含まれていない。それより俺は、お前の主《あるじ》を自分の所有物にしたんだぞ。むしろお前は俺に対して怒るべきだと思うけどな」

リルネットには隷属の刻印が刻まれている。その状態では、俺の命令に逆らうことができない。

つまり、俺は彼女を好きにする権利を手に入れているのだ。

自分の大事な主《あるじ》を好き勝手にできる男……普通に考えれば、感謝なんてする必要はないだろ？

「……」

「わかったか？　わかったならそろそろどいてもらえるかな？」

この話をしている最中、ずっとアリスは俺に跨《また》がっている状態だった。それも下着姿のままで……

俺だって男だからな？　さすがに理性を保つのも限界にきていた。

「そうですね……」

良かった。この反応はようやく納得してくれたみたいだ。

これでやっと――

「ですが、やはり私も支配下に入れていただきたいです」

「あれっ!?　今わかったような感じだったよね？」

全然納得してくれてなかった。

「貴方のおっしゃっていることもわかります。しかし私はリル様に仕えるメイドです。リル様が支配下に入っているのに、メイドである私が入らないのは不自然です」

ああ、駄目だなこれは……この感じはもう何を言っても無駄だ――

「わかったよ……」

そう思った俺は、渋々ながら彼女の要望を受け入れることにした。付け加えるなら、正直言ってこの状況……さすがに限界なのだ。

俺は彼女に乗られた体勢のまま、リルネットの時と同じ言葉を口にする。

「それじゃ、俺の支配下に入れ――アリス・フォートランド」

あの時と同様に光の粒子が舞い、アリスの身体へ集まっていく。刻印は刻まれた。

アリスが頬を染めながら告げる。

「これで、私も貴方の所有物になりました。だからこれからは……私は貴方のメイドでもあります」

なんだか調子が狂うな。

「今日は、このくらいで失礼します」

そう言いながら、アリスはようやく俺の上から下りた。

そのまま扉のほうへ進んでいく。

そして――

「おやすみなさい――ご主人様」

アリスは甘い声色で言って、部屋を出ていった。

まったく……何回人生を繰り返しても、女の子っていう存在は理解できないものだな。

アリスの真意はわからない。それでも、彼女との距離は縮まったような気がした。

9　入学試験

王立魔法学園。その入学試験当日がやってきた。

受付のために先日訪れた建物の前に、俺達三人は立っていた。

「いよいよだね？」

「はい」

気合十分のリルネットとアリス。俺は二人の顔を見た後に、先頭を切って歩きだした。

「よし、行こうか！」

建物内へ入る。すでに試験会場にはたくさんの人が集《つど》っていた。ざっと見渡しただけでも数百人はいるようだ。

「これ全部受験者なのか？」

「たぶん、そうだと思うけど」

「あそこに受験者数が出てますよ」

アリスが指差した先には、電光掲示板のような機材が飾られていた。

そこに示されていた人数は――なんと「一〇二一」人！

「ここに今そんなにいるのか」

受付ロビー周辺には人が密集している。ただ、千人以上いるようには見えない。

「おそらく、すでに試験会場へ向かった人もいるのでしょう。ここはあくまで受付で、試験会場は別にありますから」

そう言って再びアリスが指を差す。そこには「第一次試験会場はコチラ」と書かれた看板があった。

「なるほどね。あのさ、最終的な合格者の数って決まってたりするの？」

「はい。確か……百人ですね」

「百人⁉」

嘘だろ⁉

合格者百人って、約千人中百人ってことだよな？　つまり、この場にいる九割以上の受験者が落とされるってことなのか？

「お、おい……さすがにそれは少ないんじゃないか？」

「やっぱりレイもそう思う？」

リルネットも同じように思っていたらしい。

「当たり前だろ。いくらなんでも合格率一割以下ってのはな～。魔法学園ってここしかないんじゃなかったか？」

「そうだよ？　だから毎年挑戦する人がいるみたいだね」

魔法学園の受験条件はただ一つ。

年齢が、その年で十六歳以上になる者。

つまり、それ以外に規定はなく、落とされても次の年に再受験ができるということになる。そうは言っても、合格者数が変わらない以上、非常に厳しい試験であることは明白だ。しかしそれは一般人にとっての話。

俺は曲がりなりにも元魔王、魔法のスペシャリストみたいなものだ。どんなに難しくても俺なら楽勝だろう。

「あっ！　そういえば試験って何するんだ？」

「試験内容？」

看板には、一次試験会場と書かれているから、二次三次と何段階かに分けてあるのはわかる。

「えーっとね～。試験は一次から三次試験まであるんだけど、最後の三次試験だけは試験っていうよりも検査かな？　実際の選考は、一次と二次の結果でやるみたいだよ？」

「へぇ～、それじゃその一次試験と二次試験の内容は？」

まぁ、何が来ても関係ないと思うけど……

「一次試験が筆記で、二次試験が実技だよ？」

「……へ？　ひっき？」

「そうだよ？」

ひっき……筆記⁉

「筆記試験ってなんだ？　魔法陣の書き取りでもするのか？」

すると、アリスが淡々と告げる。

「違います。筆記試験で問われるのは、魔法に関する理論、歴史についてです」

「れ、歴史⁉」

おいちょっと待て！

理論はまだわかる……歴史ってなんだよ。この魔法の開発者を答えろ――とか聞かれてわかると思うか？

わかるわけないだろ！

こちとら生まれてずっと田舎暮らしだったんだぞ。そんな勉強一切してきてないんだが？

リルネットが笑顔で言う。

「まぁ、筆記試験は毎年ほとんど同じ問題だし、基礎が問われるだけだから問題ないね！」

「そうですね。難関は二次試験です」

「……」

看板の方向へ歩きだす二人。しばらくして俺がついて来ていないことに気付き振り向く。リルネットが尋ねてくる。

「どうしたの？」

「……いやっ、なんでもないぞ」

続いてアリスまで心配してくる。

「大丈夫ですか？　すごい汗ですが……」

「だ、大丈夫だ！　問題ない！」

「そうですか？　でしたら行きましょう」

アリスはそう言うと、リルネットと一緒に歩きだす。その後ろから冷や汗まみれの俺が続く。

一次試験は各教室で行うらしい。俺達は割り振られた部屋へ行き、各自席に着いた。

†　†　†

しばらくすると、試験官らしき人物が入室してきた。両手で試験問題の用紙を抱えている。

全員に問題が配り終えたところで言う。

「ただいまより一次試験を開始します」

どうしよう……始まってしまった。

こうなったら仕方がない。この手だけは使いたくなかったけど——

「先に注意事項を説明します」

試験官の言葉を耳にしながら、俺は右目を右手で覆った。

【干渉魔法：パラサ】──

すると、試験官は告げる。

「試験中の魔法の使用は一切禁止です。こちらの魔法感知器が反応し次第、即退場となりますのでお気を付けください」

「──うっ」

周囲の視線が俺に集まる。

「あっ、なんでもないです～」

危ねぇぇぇぇぇぇぇぇぇ──

いきなり退場させられるところだったぞ！　魔法感知器って……今そんなに便利な物あるの？

俺が魔王やってた時代にはなかったぞ。

しかしどうする？　魔法が使えないんじゃ話にならない。

俺が使おうとしていた【干渉魔法：パラサイト】は、範囲内にいる他者の視界を盗み見る魔法だ。

この魔法をかけられても、覗かれている者はそれに気付けない。こいつを使って乗り切るつもりだったのに……

もういい……こうなったらやるしかない。

俺だって魔法についてはいろいろ学んできてる。理論なら解けるはず。歴史だって、俺自身が歴史みたいなものだし。そう自分に言い聞かせて、俺は問題に目を通した。

（問一）魔法の祖と言われている人物を、次の選択肢から選びなさい。

A：大賢者グラフェル
B：魔境者リンテンス・フェローズ
C：奏者アニール・ラドグリフ
D：ライオネル・F・ミライ

一問目からわからん！

魔法の祖ってなんだ？　最初に魔法を作った奴か？　そんなの一〇〇〇年前に生きてた俺でも知らないぞ……というか、この選択肢の人物を誰一人知らないんだが？　俺が知らない時点でもはや祖ではないよね？　俺より後に生まれてきてるよね？

本当にこの中に正解があるのか？

いや、待てよ？　よく見たらもう一つ選択肢が……

E：魔王ベルフェオル

俺じゃねぇか!?

ありえないだろ、俺が魔法の祖とか！　この問題作った奴は一体何考えてるんだ？

と、とりあえずEは除外だな……

考えてもわからないし、一番祖っぽいAにしておこう。

その後も俺は、心の中でツッコミを入れながら問題に取り組んだ。そして制限時間を目いっぱい使い、なんとか最後まで解き終えることに成功した。

こうして一次試験が終了する。

ちなみに……後に問一の正解がEであったと知り、いろいろショックを受けた……


一次試験終了後、二次試験開始までに昼休憩を挟む。受験者は各々好きな場所へ移動して昼食をとっている。その中に俺達もいた。

「はぁ……」

肩を竦《すく》めて落ち込む俺。

「落ち込まないでよ——大丈夫だって！」

そんな俺を必死に励ますリルネット。

「それにしても驚きましたね。まさか……筆記試験で躓《つまず》くなんて」

「うっ……」

そして軽くなじるような言葉を言い放つアリス。

「し、仕方ないよ！　レイはずっと地方にいたんだし！」

「そうだな」

「それに、理論は解けたんでしょ⁉」

「まぁな」

試験問題の半数は歴史、そして半分は魔法の理論だった。

理論については割と簡単に解くことができたのだが、歴史に関しては……もはや言うまでもない。

「はぁ……」

「別に、一次試験の結果だけで合否が決まるわけではありません。二次の実技試験で挽回すれば問題ないと思いますよ」

今度は珍しく優しい言葉をかけてくれるアリス。

彼女の言う通り、合否は一次と二次の結果を総合して判定するらしい。しかもどちらかと言えば、実技のほうに重きを置いているようで、筆記三、実技七くらいの割合で判定するそうだ。だからそこまで落ち込むことはない……

ないのだが……

「いや……うん、それは別にいいんだけどさ……」

俺は、試験問題、その問一を含めた歴史の問題を思い返す。

「なんと言うか、正しい歴史って——ちゃんと伝わらないんだな〜と思ってさ……」

「あー……」

言葉を詰まらせる二人。

歴史を作ってきた側としては、なんとも言葉にし難い苦悩があるのだ。

リルネットが明るく声をかける。

「と、とにかく！　二次試験もあるんだし、お昼にしようよ！」

「そ、そうだな！　切り替えも大事だよな？」

これ以上考えるのはやめよう。

七〇〇年も経ってるし仕方がないことだ。そう思うことにしよう……

「では、昼食の用意をいたします」

昼食は出発前にアリスが準備してくれていた。

「おぉ、サンドイッチか！」

「はい。二次試験は身体を動かすので、あまりたくさん食べないほうが良いでしょう」

「そうだね！　ありがとうアリス」

「さすが、ちゃんと考えてるんだな〜」

アリスは少し嬉しそうな顔をした。

それから仲良く三人で昼食をとる。その最中、俺はあることに気付いた。

俺達が昼食をとっている場所にだけ、不自然にスペースができているのだ。周囲を見渡すと、ここ以外は人が密集している。明らかに俺達が避けられているみたいだった……

別に害を与えられているわけではないのだが、気分が良いとは言い難い。

俺はともかく、リルネットには……

「おい！」

そこへ急に、三人組の男達が声をかけてきた。服装からしてどこかの貴族か何かだろう。態度をからして、とても友好的だとは言えない。

「お前みたいな庶民に用はない！　用があるのはそこの化物女だ！」

「なんの用ですか？」

「――」

男が化物と呼んだのは、リルネットのことだ。

「やぁ、久しぶりだな、アストレアの覚姫！」

なんだこいつ、リルネットの知り合いなのか？　それにしてもこの態度……腹立たしいな。

アリスが小声で俺に伝えてくる。

「ご主人様、彼らはアストレア皇国と縁のある貴族達です」

男はさらに、リルネットに絡む。

「まさか君もこの試験を受けに来ていたとはね。一次試験はどうだったかな？　ああ！　君は人の心が読めるんだし楽勝だよな～、羨ましいな～。僕もそんな眼が欲しかったよ！」

「……」

バカにするような態度で煽《あお》ってくる。リルネットはただ黙って聞いていた。反論したところで無駄だとわかっているのだろう。

「次の二次試験は実技だ！　君はせいぜい魔物として退治されないように気を付けるんだな！」

「……」

男達は、言いたいことだけ言って去っていった。リルネットは最後まで無言で耐えていた。

そんな男達に、俺は怒りを抑えられなかった。俺が睨みつけていると――

「大丈夫だよ？」

俺の表情を見て察したリルネットが、俺にそう言ってさらに続ける。

「わたしにはレイとアリスがいるから――」

リルネットは健気《けなげ》に笑った。

そんな彼女を、俺は黙って見ていた。

「これより二次試験を開始します」

場面は移り、俺達は二次試験の会場に来ていた。

ここは学園で最も大きい施設、屋外闘技場である。収容可能人数はなんと桁違《けたちが》いの五万人。これほど広い施設なら、千人集まっても窮屈にはならないだろう。実技試験はこの屋外闘技場で執り行われるようだ。会場には受験者だけでなく、それを見物に来た現役生や教員陣の姿があった。

試験官が告げる。

「ルール説明をします。二次試験は実技試験。どの程度魔法が使えるのかをテストします。形式は一対一の模擬戦。勝利条件は、相手を戦闘不能にするか、各試験官が勝者の判定をした場合です」

その他、相手を殺してはいけないというルールがあるが、基本的には制限はないようだ。どんな魔法だろうと、いかなる戦法だろうと使っても良いらしい。ただし、武器や強力すぎる魔法の使用は不可とのこと。試合は複数ずつまとめて行われるようだ。

「最後に重要なことをお伝えします！　先ほど勝利条件の話をしましたが、勝者が必ずしも高評価を得るわけではありません。たとえ敗者になろうと、自身の有用性を示した者にはそれなりの評価が下ります。ですので、皆さん、自分を存分にアピールしてください！」

その後、対戦カードが発表された。

気になる俺の対戦相手は――

「なんだ？　僕の相手は化物姫のお付きか？」

「お手柔らかにお願いしますね？　貴族様」

さっきリルネットに因縁をつけてきた貴族だった。

10　雷鳴《らいめい》の如《ごと》く

試験官が俺と貴族の間に立つ。

「私が試験官のジョジルだ。始める前に、念のためルールを確認しておこうか？」

「いえ、大丈夫です」

「僕も問題ありませんよ」

俺に続いて貴族の男が答える。

「そうか。では、先ほどのルールの中で一つだけ強調しておきたいから言っておこう。これは魔法戦だ！　よって武具の使用は一切禁止とする。もし、武器を持っていたら、ここに置いておいてくれ」

「わかりました」

俺は腰に装備していた剣を地面に置いた。ちなみに魔法で生み出した武器なら使用しても良いらしい。

「それでは試験を開始する！」

両者、指定の位置へ立つ。

嫌らしいニヤケ顔をする貴族に対し、無表情で見つめる俺。

試合開始の合図がされたにもかかわらず、両者とも動かない。いわゆる膠着《こうちゃく》状態が続く。

「どうした？　攻撃してこないのか？」

貴族の男はニヤケ顔のままそう言った。

「そちらこそ良いんですか？　もう試験は始まっていますよ」

「貴様と一緒にするな一般人！　これは僕から君へのハンデだ」

「ハンデ？」

男は妙なことを言ってくる。

「そうだとも！　貴族である僕と、なんの取り柄もない一般人の君では、生まれ持った才能が違う。普通に戦ってしまっては、あまりにも不憫だろ？」

どうやら男は驕《おご》りの塊《かたまり》のような奴らしい。その態度からは一切の警戒を感じなかった。舐めきっているのだろう。

「いや、取り柄ならあったな？　あの化物女と一緒にいるっていう」

「――――！」

「君も大変だな？　あんな害悪でしかない女と一緒にいるなんて――――」

俺は顔を伏せて男の発言を聞いていた。前髪で目が隠れているので、表情は読み取れないだろう。

溢れ出そうな怒りを抑えるのに必死だったんだが。

　貴族の男はさらに続ける。

「あんな化物、生きている価値ないだろ？」

「……」

「他人の邪魔でしかないのに、どうして生きているんだろうな？」

「……」

　その瞬間、俺の中で何かが切れる音がした。

　俺は伏せていた顔を上げる。

「少し黙れ――下等生物」

「何？」


　二次試験開始直前。対戦相手があの男だとわかった時、リルネットが心配そうに俺にこう言ってきた。

「レイ、気にしなくていいからね？　わたしは平気だから、仕返しとか変なこと考えないでね」

「……わかってるよ」

　あの時俺は彼女にそう答えた。でもごめん……やっぱり無理だ。

　俺はどうやら……

この男を許せないらしい。

「貴様、今なんと言った……この僕が下等生物だと……」

「黙れと言ったのにまだしゃべるのか？　やっぱり下等生物だな」

男は周囲に聞こえるほどの歯軋《はぎし》りをした。怒りで頭に血が上っているせいか、顔は真っ赤だった。

俺は男を挑発するように言う。

「それとも、そんなに彼女が怖いか？」

「なんだと？」

「化物女と罵《ののし》っているみたいだけど、裏を返せば……彼女には敵わないと思っているんだろ？」

「き、貴様……」

「当たり前だよな？　お前と彼女じゃ、持って生まれた才能が違う……お前程度のちっぽけな才能で、勝てるはずもないよな？」

あえて才能と言ったのは、先に才能という言葉で侮辱《ぶじょく》してきた男への当て付けだ。

ここで、男の怒りは頂点に達した。

「いいだろう……そこまで言うのなら、貴様に才能の差というものを味わわせてやろう！」

男は右手を前へかざした。

「後悔しても遅い！　くらえ――【炎魔法：フレアショット】!!」

試験官が制止する間もなく、男は魔法を発動する。

右手に展開された魔法陣から、火球が前方へ放たれる。火球は俺に直撃し大爆発を起こした。

爆発によって立ち昇った土煙が俺の姿を隠している。相手に死を与えかねない規定範囲ギリギリの魔法に、試験官も焦っていた。鳴り響いた轟音《ごうおん》によって、周囲の受験者や観客席にいる見物人達の視線が集まる。

貴族の男が声を上げる。

「思い知ったか！　下級魔法ですら僕が使えばこの威力、これが才能の差というものだ！　まぁどうせ聞こえてはいないと――」

「……この程度か？」

煙の中で俺は呟く。徐々に煙が晴れていき、俺の姿がゆっくりと明らかになっていく。

俺は平然とした顔をしているだけでなく、大地を抉る威力の魔法を受けて傷一つ負っていなかった。身体にはなんのダメージもなく、なんの変化もなく、俺はただ立っていたのだ。

まるで何も起こらなかったかのように……

「バ、バカな……ありえない！　僕の魔法をくらって平然としてるなんて!!」

眼前で起きたことに驚きたじろぐ男。彼だけではない。それを見ていたすべての人が、驚愕で声も出ないようだった。

「き、貴様！　一体何をした!?」

怯えながらそう問う貴族の男に対し、俺は淡々と告げる。

「そんなに声を荒らげるなよ？　別に驚くようなことはしてないぞ？」

「な、なんだと？」

ここで男は、俺の身体が白い光で覆われていることに気付いたらしい。

「その光……ギムレットか！」

「正解だ」

【強化魔法：ギムレット】は身体機能を向上させる魔法。俺はそれによって肉体の硬度を上げていた。

「バカな！　一般人風情のギムレットで、僕の魔法が防がれたというのか!?　そんなことが――」

「だったらもう一度試してみるといい」

「なっ――」

「もしかしたら、掠り傷くらいは付けられるかもしれないぞ？」

男は苦渋の表情を浮かべ唇を噛んだ。

それから男は、再び同じ魔法を繰り出した。今度は単発ではなく、絶え間ない連射。その弾数は目視できるだけで二十発は超えている。普通は多数の魔物や敵に対して使用するほどの威力と数である。そのすべてが俺に着弾している。

爆音が鳴り響くこと約一分。

ようやく連射をやめた男は額から汗を流し、息を切らしていた。どうやら魔力切れのようだ。放たれた弾数が桁違いに多かった影響で、周囲の大地は不規則に抉られ、立ち昇る土煙が周囲を覆っている。

「こ、これで――」

「なんだ？　もう終わりなのか？」

土煙の中から俺は告げる。俺のシルエットが微かに明らかになったところで、俺は腕を振り払い、残りの土煙を吹き飛ばした。その風圧に耐える男と試験官。男は未だ状況を理解できていないらしい。

「だったら、今度はこっちの番だな」

そう言うと俺は、身体から目に見えるほどの魔力を溢れ出させる。どす黒く強大で禍々《まがまが》しい魔力は、周囲の人間を畏怖《いふ》させ、それを見た誰もが足を竦《すく》ませた。その魔力を誰よりも近くで見ている男は、恐怖で全身を震わせていた。

「な、なんなんだ……」

俺は右手を空へかざす。

すると、次第に闘技場の上空に雷雲が集まっていく。雲一つなかった青空が、徐々に徐々に暗く閉ざされていった。

日の光が遮られ、闘技場全体を巨大な影が包む。

そして――

「お前は……一体、なんなんだあぁ!!」

男が声を荒らげる。最初の余裕は消え失せ、今は怯えが彼の表情を支配していた。

対する俺は右手を上げながら俯いている。どんな表情をしているのかは、正面の男には見えないだろう。

「お前はさっき、リルを化物って呼んでたよな?」

「――?」

男の額を流れる汗が増している。心臓の鼓動のスピードも速くなっていることだろう。焦りが、恐怖が、興奮が、男の身体を襲っているに違いない。

「だったら……そんな奴と一緒にいる俺が、なんで化物じゃないなんて思ったんだ?」

「――っ!?」

恐ろしい光景を目の当たりにし、男はぶるぶると震えていた。すでに雷雲が空を完全に覆い、雷の音が地上に届いている。

しかし、男には聞こえないようだった。それほどまでに追い込まれている。追い詰められている。あいつの心には雲よりも濃い靄《もや》がかかっていて、周囲の音を掻き消してしまっているのだ。

そして俺は、俯けた顔をゆっくりと上げる。

「下《くだ》れ――雷鳴――」

刹那、それは起きた。否、落とされた。

集められた曇天《どんてん》の空から一直線に、雷撃が落ちる。たったの一発。その一発で会場に極大のクレーターが誕生した。立ち昇る土煙も、これまでの何十倍も大きい。煙が晴れるにも時間がかかる。よく見ると、周囲の人々も吹っ飛ばされている。男は恐怖のあまり腰を抜かし、その場で尻餅をついていた。

「なんだ、珍しいこともあるんだな？　まさかこの闘技場にだけ雷が落ちるなんて……」

俺はそう言って尻餅をついた男を見る。彼は目から涙を、鼻から鼻水を、そしてなぜか服の下を濡らしていた。

「どうやら雷はお前に落ちたみたいだな？」

多くの視線が俺に集まる。

目の前で起きたことに思考が追いつかない者がほとんどのようだ。そのうちの一人に試験官もいて、ようやく我に返った彼は慌てて勝者のコールを行う。

「しょ、勝負有り！　勝者——レイブ・アスタルテ！」

俺はその場から離れるように歩きだす。すれ違う者達から、何やらヒソヒソと話し声が聞こえてくる。いや、彼らだけじゃない。この会場にいる誰もが、俺のことを話していた。

「おい……今の魔法って……」

「ああ、間違いない……あれは上位魔法【雷魔法：天雷《てんらい》】だ」

現代において、魔法は大きく三つの区分――下位魔法、中位魔法、上位魔法に分類される。

この分類は、その魔法によって発生する現象の規模と、それに必要な人数を基準に決められているらしい。

下位魔法は、一人の人間が魔法を使わずに起こせる現象を発生させる魔法。

中位魔法は、二、三十人程度が起こせる現象を発生させる魔法。

そして上位魔法は、百人以上の人間がかりでなんとか起こせるかどうかの現象を発生させる魔法を指している。

ただし、この基準はかなり曖昧なのであまり参考にならない。下位は簡単で上位はすごいくらいの認識でいいと思う。

ちなみに、魔法の固有名詞については、製作者が名付けることになっているため統一性はない。

話し声はさらに続く。

「受験生が上位魔法を使うとか、普通にありえないだろ?」

「だよね……在校生の中でも、上位魔法が使える奴なんて数人しかいないっていうのに……」

先ほどの説明でもわかると思うが、下位魔法・中位魔法に比べて、上位魔法は威力もスケールもまるで桁が違う。

初めから優れた魔力を持って生まれる魔族であれば別だが、人間界側でこの上位魔法を使える者は少数。実戦レベルで使える者は、さらに一握りしかいない。

そんな魔法を、俺はいとも容易《たやす》く行使してしまった。ただの一般人でしかないと思われていた俺が……

「一体何者なんだ？　あいつ――」

「……」

ああ、そういう反応になってしまうのは当然であろう。

ほとんどの人間が俺の正体に疑問を抱く中、周囲の視線など気にせず歩く俺。そこへ駆け寄る二人の少女がいた。

「レイ！」

「ん？」

駆け寄ってきたのは、もちろんこの二人。リルネットとアリスだ。二人とも急いで来たせいか、少し呼吸が乱れている。

リルネットがちょっと怒って言う。

「何してるの!?」

「え、何って……」

「わたしは大丈夫だからって言ったよね!?　なのに、どうしてあんなこと……」

「あんなことって、俺はただ魔法を使っただけだぞ？」

確かにちょっとやりすぎたとは思うけど、リルネットにここまで怒られるようなことだったか？

続いてアリスが言う。

「一つお伺いします。貴方は自分の正体を知られたくなかったはずでは？」

「――あっ……」

今さらながら、自分が犯した失敗に気付いた。

やってしまった……

こんな大勢いる中で、あんな派手な魔法を使うなんて……自分で普通じゃないってバラしてるようなものじゃないか！

リルネットが頬を膨らませて言う。

「だからあれほど言ったのに……」

「……でも、あいつはお前を侮辱した。それを許せないと思ったんだ」

「レイ、わたしは大丈夫だって――」

「お前がそう言っても、俺は嫌なんだよ……だからあの行動は、間違ってなかったと思う」

「レイ……」

正体がバレたなら、それはそれでしょうがない。あのまま黙っているほうが、俺には耐えられなかった。

それにいざとなったら、この場にいる全員に洗脳魔法でもかけて隠蔽《いんぺい》すれば問題なし！

まあそんなことはさておき。

「そういえば、二人とも試験は？」

「えっ？　もう終わったよ？」

「私も同じです」

「え……ずいぶん早いけど、勝ったのか？」

「うん」

「はい」

「……まじか」

どうやらこの二人、俺が思っていたよりも強いみたいです。

こうして波乱の二次試験は終了した。それから一時間ほどが経過し、ついに合格者の発表がされようとしていた。

†　†　†

「皆様お疲れ様でした。これより合格者の発表をいたします」

会場は変わらず屋外闘技場。今までと違うのは、天井が完全に閉じられていること。天井は開閉式だったらしい。そして、巨大なスクリーンには映像が投影されていた。

「合格者は、このスクリーンにランキング形式で映し出されます」

試験の合格者定員は百名。上位から発表されていくようだ。

会場内がざわつき始めた。

「それでは発表します！」

司会者の合図で、スクリーンに名前が映し出される。まず初めに目に入るのは、もちろん第一位、首席合格者。

「あっ、一位俺だな……」

画面の最上部、そこに俺の名前がデカデカと書かれていた。

うん……まぁそうですよね。あれだけの魔法を見せたし、誰だってそう考えるよね？

そうだ、二人はどうだったんだろう？　えーっと、俺の下は……クラン？　クラン・プレンダーガストか。どの子だろう？

リルネット、アリスが声を上げる。

「あった！　わたし七位だ！」

「私も見つけました。十位ですね」

おお！　二人とも無事合格しているみたいだ。それどころか、俺達三人ともトップ十入りしてるなんて。

「やったな！　二人とも」

「うん！」

「はい」

そうして俺達は笑い合うのだった。

11　再会

「それでは合格者の皆さん。三次試験を執り行うので、会場まで移動してください」

三人で喜び合っていたら、司会者がそう言ってきた。

「あれ？　三次試験？　試験ってこれで終わりじゃなかったのか？」

てっきり終わった気でいた俺に、リルネットが告げる。

「もー、最初に話したでしょ？　試験は三次まであるって！」

「……あー、そんなこと言ってたな～。確か三次試験は検査みたいなものなんだっけ？」

「そうです。ですので、ここから落とされることはありません」

アリスの説明を聞いて俺は少し安心した。

ないと思うけど、ここまで来て落とされるとか笑えないからな。それにしても検査か……

嫌な予感しかしない……

「こちらが三次試験の会場になります」

それから連れてこられたのは、仰々しい扉の前だった。中に入ると、巨大な地球儀のような球体の装置が置かれている。おそらくこれが三次試験で使われるのだろう。

「これが噂のアケディアなんだ……」

リルネットの口ぶりからして、有名な装置なのだろう。

「なあ？　これってどういう装置なんだ？」

俺は周囲に聞こえないように、小声でアリスに尋ねた。アリスも同じように小声で返答する。

「これはアケディアといって、魔術師としての特性を調べることができる装置です」

「魔術師としての特性？」

「はい。具体的には、保有している魔力量、各属性に対する適合性、魔法処理能力など。細かな部分まで表示されます」

「なるほど……」

これ、俺を調べたら大変なことになるんじゃないか？

さっきの嫌な予感は当たっていたみたいだ。今の俺には、千里眼なんて使わなくても、この先どんな騒ぎになってしまうかわかるよ……

検査員が俺に声をかける。

「では最初に、レイブ・アスタルテ君、前へ来てください」

俺は大きくため息をついた。

まぁどっちみち二次試験で派手に暴れちゃったし、もう能力は隠しようがないにしても……でもな、これで個人を特定とかできたらどうしよう。

普通に「あなたは魔王です！」なんて表示されたら、さすがの俺も困るぞ。

「この球体に手をかざしてください」

「よし」

こうなったらやけだ。どうにでもなれ！

俺は指示された通り手をかざした。すると装置が作動し、装置全体が光を放ち始める。初めは小さな光だったが、どんどん眩《まぶ》しさを増していく。さらに装置からは、何やら怪しげな高音のサイレン音が聞こえてきた。

装置を見ていた検査員が慌てだす。

「な、なんだこれは!?　こんなこと今まで一度も……」

装置の画面に表示されている情報を見て、検査員は呼吸を忘れたように呆然としていた。

何か異常なことが起きているとわかったのか、室内がざわつき始める。

検査員が表示されていた内容を声に出して読み上げだした。

「魔力量無限――各魔法適性オールS――すべての数値が今まで見てきた最高値を大きく上回っている。それどころか、計測不能な部分まであるなんて……」

こういう展開になることは、初めからわかっていた。わかっていたけど、この状況……どうしたものか……

皆の視線が刺さる。

もうこうなったら、本当のことを話したほうが楽な気すらしてくる。諦めて白状しようと思ったその時――

「失礼するわね」

長い赤髪の女性が部屋へ入ってきた。検査員と、同行していた試験官はすぐさま背筋を伸ばした。

彼らだけではない。この場にいる全員が、この女性の登場に反応した。

「お、お疲れ様です！　学園長！」

彼女こそ、この王立魔法学園の学園長――

「エレナ・ローズブレイド」

そうか。彼女がそうだったのか……

学園長と俺が視線を合わせた。

それから学園長は俺から顔を背《そむ》けると、検査員に尋ねる。

「これはどういう状況かしら？」

「は、はい！　実は彼をアケディアで調べたのですが……」

検査員は今起きたことをそのまま話した。ひと通り聞いた学園長は顎に手を当てて言う。

「なるほど、そういうことだったのね」

「やはりアケディアの故障でしょうか……それなら早急に修繕を……」

「必要ないわ」

「え……」

「だって、この検査結果はすべて正しいのだから――」

学園長の発言に、その場にいる全員が驚く。

「皆落ち着いて。そして紹介が遅れてしまってごめんなさい。彼は、ワタシの弟子なの」

「なっ――!!」

部屋中から驚愕の声が上がる。

なるほど……そういうことか。俺は学園長の意図を汲《く》んで言う。

「お久しぶりです師匠。ご挨拶が遅れてすみませんでした」

「ええ、久しぶりね。こっちこそ会いに来るのが遅れたわ」

親しげに話す俺達を見て、その場にいたほとんどが信じてくれたようだ。

学園長は笑みを浮かべて俺に告げる。

「試験中にごめんなさいね。ゆっくり話したいから、後で応接室まで来てもらえるかしら？」

「ええ、もちろん」

「ありがとう。その時は、そちらの二人も一緒だと嬉しいわ」

学園長が、リルネットとアリスのほうを見る。

当たり前だが、彼女と面識のない二人は、状況にまだついていけていない様子。

「それじゃ、また後でね」

学園長はそう言い残すと、立ち去っていった。

その後は何事もなかったかのように検査を再開。リルネットとアリスの結果が出たところで、俺は早々に部屋を出た。


「ね、ねぇ！　どういうこと？」

訳がわからないといった様子のリルネットが、説明を求めてきた。

俺は彼女を宥《なだ》めるように言う。

「もう一度会えばわかるよ」

「えー」

そんな会話をしながら早足で進み、俺達三人は応接室の前に到着する。その扉をゆっくりと開くと、一人窓の外を見ている学園長がいた。俺は声をかける。

「お待たせ」

「ええ……本当に待ったわ」

彼女はそう言ってゆっくりと振り向く。

そして――

「また会えて嬉しいわ――ベル君」

「ああ、俺も会えて嬉しいよ――エレナ」

見つめ合う俺達。それを見て、リルネットとアリスは呆然としている。リルネットが話しかけてくる。

「あ、あのさ……」

そこで俺は、学園長のことを、そして学園長と俺の関係を説明する。

「えっ？　ああ、ごめん！　紹介するよ？　彼女はエレナ・ローズブレイド、魔王軍四天王の一人――永遠を生きる吸血種《バンパイア》で、昔の部下だ」

ニコリと微笑むエレナ。

「……」

リルネットとアリスは声も出せず驚いていた。

俺はおよそ七〇〇年ぶりに、かつての同胞と再会した。

† † †

「まさか七〇〇年越しで、昔の仲間に再会できるなんて思わなかったぞ！」

「そう？　ワタシは会えると思っていたわよ？」

「そうなのか？」

「ええ」

「へぇ～でもこれで納得したよ！　最初に来た時から、この学園の建物がなんだか魔王城に似てる気がしてたんだ……エレナが創設者だったんだな」

「ええそうよ？　元々あの魔王城も、ワタシがデザインした城だったわね」

「そういえばそうだった」

久しぶりの再会に会話を弾ませるエレナと俺。その様《さま》を見ていたリルネットとアリスは戸惑っていたようだが、恐る恐るといった感じで会話に参加してくる。

「えっと、さっきの話って……やっぱり本当なんだよね？」

「なんだリル、信じてなかったのか？」

「そんなことないよ。だけど、ビックリしすぎてどう反応したらいいのか……」

エレナが笑みを浮かべて言う。

「うふふっ、無理もないわね？　それでベル君、ワタシにも二人を紹介してもらえる？」

「ん？　二人のことなら、俺のよりむしろエレナのほうが知ってるんじゃないの？」

彼女達二人はこの時代の人間。しかも一国の皇女とそのメイドで、ある理由から名前は知られている。エレナもこの時代を生きているなら、俺より詳しいはずだ。

「もちろん知っているわよ？　でもワタシが聞いているのは二人の身分じゃなくて、ベル君との関係のほうよ」

「関係？」

「ええ、だって二人とも、ベル君の正体を知っているんでしょ？」

「あー、そういうことね」

俺はエレナに、ここに来るまでの経緯を話した。

ひと通り聞き終えて、エレナは頷きながら言う。

「なるほど、そんなことがあったのね……」

「ああ」

「要するに、二人とも――ベル君に手篭《てご》めにされたってことね」

「ああ――ああ？」

「ベル君も隅《すみ》に置けないわね～。人間になった途端、二人も女の子をはべらせるなんて！」

「はべっ!?」

そうだった……エレナはこういう奴だった。

エレナが嬉しそうに言う。

「二人とも気を付けてね？　彼、見た目は可愛い感じだけど、中身は変態だから」

「何言ってんのぉ!?」

彼女は昔から、こんな風に俺をからかっては楽しんでいた。いや、被害者は俺だけじゃないな……他の仲間達、特に男性陣はだいたい彼女の標的だった。そして誰も逆らえない。立場上は魔王だった俺が上だというのに……

そうやってガヤガヤ言い合っていると、リルネットが小さな笑い声を立てる。俺が彼女のほうへ顔を向けると、申し訳なさそうに頭を下げた。

「あっ、ごめんなさい。こういうレイを見るのは初めてだったから、なんだか面白くて」

続けてリルネットはエレナに向かって言う。

「学園長先生！　わたし——ううん、わたし達は、レイにとっても感謝してるんです！　彼と出会ってから、本当に毎日楽しくて——生きることが好きになれました！」

「そう、なら良かったわ」

「はい！」

俺とエレナは互いの視線で「良い子ね？」「だろ？」というやり取りをする。

アリスがエレナに尋ねる。

「それにしても驚きました。まさか、あのSランク魔術師の学園長が、かつての魔王軍幹部だったなんて」

「ふふっ、皆には内緒にしてね？」

エレナがいたずらでもしたように笑みを浮かべる。

「かしこまりました」

「ん？　なぁアリス、今のSランク魔術師ってのはなんだ？」

聞き慣れないワードだ。少なくとも俺が魔王だった頃にはなかった。言葉から察するに、現代での階級か何かだろうか？

そう尋ねてみると、アリスは呆れたように言う。

「それも知らないのですね」

「あ、ああ……教えてくれる？」

「かしこまりました。ランクというのは、国家魔術師になった者、及びその予備軍である学園生に与えられるもので、魔術師としての階級を示すものです」

「へぇ～、今ってそんなのがあるのか」

「はい。そして階級は、FからSの七段階存在しています」

アリスは、俺がわかり易いように図を描いて説明してくれた。


S（魔人・賢者）：人の域を超えた者達。A～Fとは一線を画する力を持っている。

　　　　　　　　または独自の特別な魔法（上位魔法レベル）を所持している者。

A（大魔術師）：上位魔法が三つ以上使用可能なレベル。

B（熟練魔術師）：上位魔法が一つ以上使用可能なレベル。

C（上級魔術師）：中位・下位魔法をマスターしているレベル。

D（中級魔術師）：下位魔法をマスターし、中位魔法の一部が使用可能なレベル。

E（下級魔術師）：下位魔法の大半が使用可能なレベル（マスターはしていない）。

F（魔術使い）：下位魔法の一部が使えるだけで、魔術師とは呼べないレベル。


「このように、階級はFが一番下、Sが最上位のランクになります」

なるほど。魔法の区分はそれほど厳密でないのに、魔術師はずいぶんややこしい分類がなされているらしい。

「このBとCの間の線は？」

「それは、普通の人間が到達できるランクの境界線です。それ以上になるためには、普通ではない才能が必要になります」

「なるほど。努力の限界ラインってことか」

人間は元々、魔族や亜人種に比べて魔力が少ない種族だ。その代わりに神からの加護を受けられるという特権はあるが、魔法に関しては他よりも劣っている。

アリスによれば、このランク分けは人間界側で使われているもので、魔界ではまた別の枠組を用いているとのこと。

「ちなみにさ？　このSランクっていうのは今何人くらいいるんだ？」

「Sランクはごく少数です。現在だと……五人だけですね」

「五人？」

そんなに少ないとは予想外だった。それほど特別な存在なのか……

俺はエレナに視線を向ける。

「じゃあエレナは、その五人の中の一人ってことか？」

まぁ彼女はそもそも人間じゃないし、当たり前といえば当たり前か。

むしろ他の四人が誰なのかが気になる。一体誰なんだろう……まさか全員俺の知り合いなんてことはないよな。そんなことを考えていると――

「いいえ、五人じゃないわ」

そう言ってエレナが俺の顔を見つめる。何だか真剣な眼差しだ。

「今日からは六人よ？」

「えっ……まさか――」

「ええ、そのまさか……ベル君もSランクに加わったのよ？」

入学試験を終えただけで、いきなり最強ランク入りを果たした俺であった。

「レイがSランク……」

リルネットがそう言って俺を見つめてくる。とはいえ、その表情は普段通りだ。意外でもなかったらしい。

「あら？　そんなに驚かないのね？」

エレナが疑問をぶつけると――

「はい。レイだったら当たり前かなって思ったので」

「私もリル様と同じ意見です。彼の実力は、この目で何度も見ましたから」

リルネットもアリスも同じ印象らしい。

賊の襲撃を受けた時、古代兵器戦、そして二次試験での戦い。誰の目から見ても、俺の実力が異常であることは明白だった。

エレナが呆れたように言う。

「なるほどね。ベル君もそんなに驚いていないのね。てっきりもっと慌てるかと思ってたわ」

「ん？　まぁ、そもそもランクっていうの自体よく知らないからな。ただ二次試験であれだけ暴れたし、さっきの検査でもいろいろあったし……」

隠したくても隠しきれないほどのことが、この短い期間で起きてしまったからな。これで逆に低いランクにされるほうが不自然だと思う。

エレナが首を傾げる。

「でも、ベル君は目立ちたくはないのよね？」

「そうなんだけど……もう十分目立ったしな。それに、エレナが咄嗟に利かせてくれた機転があるだろ！」

検査室でのことを思い出す。明らかな異常数値を叩き出した俺に、周囲の人達は奇異な視線を向けていた。そんな空気をエレナが一言で解消してくれたのだ。

「エレナの――最高峰の魔術師の弟子ってことなら、いろいろ説明はしやすいと思うよ」

リルネットが頷いて言う。

「確かにそれなら、レイのことを知らない人でも納得だね！」

「だろ？　それに俺がエレナの弟子っていうのも、あながち嘘じゃないからさ～」

「え？　そうなの？」

俺が魔王として君臨する前の話だ。

まだ幼く弱い悪魔だった俺は、魔王になる決意をして修業に取りかかった。その時に、俺に魔法を教えてくれたのが、何を隠そうエレナだった。要するに、彼女の教えのお陰で、俺は魔王になることができたのだ。そういう意味では、弟子というのも正しいだろ？

リルネットが納得したように言う。

「そうだったんだね～」

「ふふっ、昔の話よ？」

「というわけだから、むしろSランクのほうがありがたい」

エレナがいじわるそうな顔をする。

「そう？　ならいいけど、結局、これから目立つことにはなるわよ？」

「それは仕方ないかな。元魔王として目立つよりはマシだ」

ただでさえ現代では、魔王ベルフェオルは英雄として称《たた》えられている。もし俺が本人だとわかれば、どれだけの騒ぎになるか……想像しただけで疲れてくる。

ふと思いついて、俺はエレナに尋ねる。

「あっ、そういえばエレナがいるってことは、他の奴らも元気だったりするのか？」

エレナと同じ四天王や多くの部下達。

そして勇者――

共に戦い、新しい時代を作り上げた仲間達は、今も健在なのだろうか？

「ええ、全員の所在までは知らないけど、少なくとも他の三人の四天王は健在よ？　そのうち会えると思うわ」

「へぇ～」

なんだかテンションが上がってきた。

エレナは変わっていなかったけど、他の皆が今どうしているのか。できるだけ早く知りたいな。

「それじゃ勇者は？」

「……」

「って、あいつは一応人間だし、さすがに生きてるわけないよな～」

「さあ？　わからないわ」

エレナは言葉を濁すように言った。

わからない？　わからないってどういうことだ？

「何かあったのか？」

「ええ……実は彼、突然失踪《しっそう》しちゃったのよ」

失踪？

あの勇者が？　俺の願いを聞き入れて、立派に役目を果たしてくれたあいつが？

一体どうして……

「もう少し詳しく聞かせてくれないか？」

「もちろんいいわよ。そうね……あれは戦いが終結してから三年くらい経った頃だったかしら――」

勇者と魔王の戦いが決着し、筋書き通り勇者が勝利した。

その後、勇者は人間界へ帰還し、世界中に向けてメッセージを発信。それをきっかけに、人間界と魔界の関係が変化し始める。

顔を合わせれば殺し合いばかりしていた両者が、手を取り合うようになった。ただ、すぐには変わらない。それほどに深い溝だったが、それを何年もかけて、理想的な関係にまでこぎつけることができたのだ。

あともう少し……あとほんの少しで、世界は一つにまとまる。そんな時、なんの前触れもなく勇者は姿を消した。

それを境に、燻《くすぶ》っていた人間と魔族の共存に反対する勢力が動きだし、一時期は争いにまで発展してしまう。

しかし当時の人間界の王が、亡き魔王と行方知れずの勇者の遺志を引継ぎ、世界に再び働きかけ、ついに世界は一つになったのだった。

それから失踪した勇者は、一度も帰還することはなかった……


「勇者がなぜ失踪したのかは未だに不明のまま。それでも彼の願い通り、世界は平和になったわ」

「そっか」

「ええ。ワタシの勝手な考察だけど、きっと彼は、もうじき平和な世界になることを察して、自分から去っていったんだと思うの」

「自分から？」

「そう。平和になった世界に、勇者の力を持つ自分は必要ない……そう思ったんじゃないかしら？」

「……かもな」

確かにあの勇者なら、そう考えても不思議じゃない。

でも、なんでだろう？

この話を聞いても、俺は不安を消せずにいた。本当に勇者は、自分の意志で姿を消したのだろうか？

エレナが笑みを浮かべて言う。

「はい、これで話は終わりよ！　続きはまた入学してからにしましょう？」

「ああ、そうだな」

「それじゃ三人とも、さっきの部屋に戻りましょう。今日はもう解散。入学は一週間後ね」

こうして、色濃く長い一日が終わった。

これから俺達には、どんな学園生活が待っているのだろうか——

12　新しい日常

カーテンの隙間から朝日が差し込む。心地よい太陽の光で目覚めた俺は、カーテンを開けて外を見る。小鳥達が囀《さえず》り、青空を飛び回っている。

三度目の転生を果たしてから一五年。見上げる空は同じでも、その下にある景色は今までとは違う。

ここは王都――俺は今、この街に住んでいる。

トントントン。

ドアをノックする音が聞こえる。

「おはようございます。朝食の準備ができています」

扉の向こう側から聞こえるメイドの声。それに俺は「わかった」と応え、着替えを済ませてから部屋を出た。

「おはよう！　レイ」

「おはよう。リル」

朝食が準備された食卓には、すでにリルネットが待っていた。その隣には、メイドのアリスの姿がある。

「アリスもおはよう。悪いな、毎日準備させちゃって」

「問題ありません。それが仕事ですから」

たまには手伝わせてくれてもいいんだけどな……なんてことを考えながら、俺は席に着いた。

「いただきます！」

そして、三人で朝食をとる。

入学試験のあった日から、すでに一週間経った。初めは広い屋敷での生活や、王都の雰囲気になかなか慣れなかったけど、さすがに一週間も経つと変わってくる。

王都の雰囲気はともかく、この屋敷での生活には馴染んできたところだった。まぁ馴染んだといっても、屋敷の管理はすべてアリスが一人でこなしているから、俺はあまりやることがなかったりする。

最初は手伝おうと試みはしたものの、アリスのメイドとしての能力が高すぎて、付け入る隙がなかった。だから今は諦めて、彼女に甘えることにしている。

じゃあ、毎日俺は何をしているのか？

それは、この後すぐにわかると思う。

リルネットが俺に話しかけてくる。

「あのさレイ、今日もお願いして良いかな？」

「ん？　ああ、構わないぞ？」

「ありがとう！　それじゃ朝食が終わったら、中庭集合ね？」

「了解」

場面は移ってリルネットが指定した中庭へ。

「【水魔法：アクアセプト】!!」

リルネットが前方に水弾を撃ち出す。

「【大地魔法：ロックブリッツ】！」

それを俺は、地面から土の壁を生成して防御する。続けてリルネットは、その壁を破壊するために別の魔法を唱えた。

「【光魔法：クラルバレット】！」

魔法陣から放たれたのは、魔力エネルギーを収束した弾丸。それはレーザービームのようにまっすぐと土壁へ向かい、見事土壁を粉砕した。

しかし――そこに俺はいない。

つい数秒前まで確かにいたはずだが、今はその影もない。

必死に周りを見渡すリルネットだったが……

「後ろだよ」

俺は彼女の肩を軽く叩いてそう言った。

「ふぅ……また負けちゃった」

急に始まった戦闘に困惑しただろうか？　しかし安心してほしい。これは戦闘ではなく訓練。リルネットの修業に付き合っていたのだ。

魔法学園の入学までの二週間。せっかく身近に魔法を極めている人物がいるのに、何もしないなんてもったいない。リルネットがそう言いだして始まった修業は、今日で七日目を迎えている。要するに毎日やっているということだ。

リルネットがため息交じりに言う。

「はぁ〜。わかってたけど、全然勝てない……今のはどうやったの？」

「俺が使ったのは【光魔法：リフトクラル】だよ」

リフトクラルは、体表に特殊な幕を張ることで光の屈折を生み出し、姿を眩《くら》ませる魔法だ。それを俺は、土壁に隠れた後に使用していたというわけである。

「そっか〜。それに気付けないなんて、わたしは弱いな〜」

「いや、リルは強いと思うぞ？」

「そうなのかな〜。でもSランクの人に言われても……」

「入学時点でDランクも十分すごいんじゃないの」

俺に連敗して、少し落ち込んでいるリルネット。ちなみに、アリスも同じくDランクだった。今回の入学者の中では、二人ともかなり上位にいる。

「はぁ……やっぱりわたしも上位魔法とか使えないと駄目なのかな〜」

「あのさ、リルは、勝者と敗者を決める要因ってなんだと思う？」

ふと思いついた俺は、リルネットに尋ねてみた。

「えっ？　それはもちろん強さじゃないのかな？」

「残念、不正解だ」

「そうなの？」

「ああ、強さも確かに重要だけど、それでは決定的な違いにはならない」

「それじゃ、レイは何が一番の違いだと思うの？」

「簡単だ……勝者になる奴と敗者になる奴の違い――それは勝ち方を知っているかどうかだ」

少しややこしいが、至って当たり前のこと。魔法の才能も戦闘技術もすべて、勝ち方を探り、それを実行するための道具でしかない。たとえどれだけ強くとも、勝ち方を知らなければ勝者になることはできない。逆に言えば、力や才能で劣っていても、勝ち方を知っていれば勝てるということだ。

「圧倒的な力だけで勝敗が決まるなら、戦いはもっと単純だ。でも長い歴史の中で、強さに胡坐《あぐら》をかいた強者達を、知恵を振り絞った弱者達が幾度となく屠《ほふ》ってきた。大事なのは、勝つために必要なことがなんなのか――それを考え続けることだ」

「考え続けること……」

「リルの場合は、派手な上位魔法を習得するよりも、下位魔法で戦いを有利に進められるようになるのが先だな。それと戦闘中は、その眼を使ったほうが良いと思う」

「えっ……でもこれは……」

リルネットが驚いたような表情をする。

「心配ない。今は俺が一緒にいる。これまでは災厄でしかなかったけど、俺がいればその眼はリルにしかない唯一無二の武器になる」

急に受け入れろ……なんてことは言えない。ただ、彼女が持っているのは神の眼だ。今はまだ無理にしても、いずれは使いこなしていくべきだと俺は思っている。

「わかった！　レイがそう言うなら、わたし頑張るよ！」

「ああ、頑張れ！」

これが王都での日常。俺が手にした、心地よい居場所のようなものだ。


リビングに戻ると、アリスがリルネットに話しかけてくる。

「リル様、今日の修業はどうでしたか？」

「楽しかったよ！」

「そうですか。それなら良かったです」

「うん！　アリスも今度一緒にやらない？」

「よろしいのですか？」

「もちろん！　ね？　レイ」

急に話を振られ、俺は頷いて応える。

「ん？　ああ、俺は二人一緒でも構わないよ」

「かしこまりました」

「やった！　アリスも一緒なら勝ち方を探しやすくなるね！」

「勝ち方ですか？」

「そうだよ？　今日レイに教えてもらったんだ！　勝ち方を考え続けることが大事なんだってこと」

「なるほど」

「修業も大事だけどたまには休めよ？　入学前に体調崩したりしたら最悪だからな？」

リルネットは毎日修業を続けている。一方アリスも、一人で屋敷での仕事を引き受けている。二人ともたまにはゆっくりしたほうが良いと思うんだが……

俺の心配は二人には響かないらしい。

「う～ん、わたしはもっと頑張りたいんだけどな～」

「私にも気遣いは無用です」

「そう言うなって二人とも……なんだったら、明日くらいは俺が代わりに屋敷のことしてもいいんだぞ？」

俺がアリスのほうに顔を向けてそう言うと、アリスは淡々と答える。

「ご心配には及びません。それに明日は、街へ買出しに行かなければいけませんから」

「そ、そうか……」

駄目だ。予想以上に、アリスの意志が固すぎてビクともしない。

そういえば、あの夜以来アリスは何もして来ないな。もしかして夢だったとか？

いやさすがにないか……アリスは普段と変わらない態度だが、俺と二人だけの時には「ご主人様」と呼んできたりするし、以前と全く同じというわけでもなさそうだ。

アリスの頑なさを崩すべく、もう少し粘ってみる。

「あのさ……買出しくらいなら俺が行っても――」

「大丈夫です」

「あ、はい……」

「そもそも、貴方は王都の街を知っているのですか？」

アリスが俺をじっと見て尋ねてきた。

「いや……知らないです……」

「だったら一人では行かせられませんね」

初めてのおつかいすら、俺には荷が重いようです。

すると、リルネットが声を上げる。

「それだよ！」

何が⁉

「レイは今まで王都に来たことなかったんだよね？」

「え？　ああ、そうだけど？」

「だったら明日、三人で街に行こうよ！」

突然の提案をするリルネット。

「明日？　俺は別に構わないけど……急にどうしたんだ？」

「明日、アリスは買出しに街へ行くんだよね？　だったら一緒に行けば、アリスは買出しができるし、わたしは休めて、レイには街の案内ができるでしょ？」

「おお、確かにそうだな」

なかなかの名案だと思った。リルネットからの提案だし、これならアリスも嫌とは言わないだろう。

「それじゃ、明日はそれで決まりだね！」


それから一晩が過ぎる。

いつも通り朝食を済ませ、それからすぐに王都の街へ出発した。

「王都の街並みってすごいよな～」

立ち並んでいる建物はどれも個性的で見る者を魅了する。個性的なのは街並みだけではない。店を構えている商人や、道を歩く人も含めて個性が強いように感じられた。

イメージとしては、元いた世界のイタリアの街並みに近いと思う。

俺は思わず呟く。

「なんだか懐かしく感じるな……」

別に元の世界へ帰りたいとは今さら思っていない。ただなんとなく、懐かしさを感じただけだ。

リルネットがキョロキョロしながら言う。

「それじゃどこへ行こうかな？　買出しは後のほうがいいよね？」

「はい。荷物になるのでそのほうがいいと思います」

「うん。ちなみにレイは行きたい場所とかあるのかな？」

リルネットの質問に俺はぼんやりと答える。

「そうだな……特にないし、リルの案内に任せても良いか？」

「わかった！」

その後はリルの案内で、いろいろな場所を回った。人気の飲食店や雑貨屋さん、そして絶景ポイントなどなど。太陽が真上に昇るくらいまで観光した俺達は、歩き疲れて近くの店へ入った。

そこで昼食をとりながら、俺達三人で話を弾ませる。

「どうだった？　王都の街を回った感想は？」

「いやすごかったよ。さすが国で一番栄えている場所ってだけのことはあるな」

「そうだよね！　わたしも初めて来た時は同じだったよ！」

「そっか……それより一つ気になるんだが……」

そう言って俺は、ずっと引っかかっていたことを告げる。

「ん？　どうしたの？」

「なんだか歩いてる間、異様に視線を感じたな～と思ってさ？」

三人で街を歩いている間、通り過ぎる人達の多くが俺達を見ていた。以前入学試験の受付で感じた視線とは違う。リルネットのことを知っている視線ではなかったようだった。

「そういえば確かに……」

「もしかして、レイがSランクに選ばれたって知られてるとか？　でも、まだ公表前だしね～」

アリスもリルネットも感じ取っていたらしい。

「……」

敵意や警戒を感じさせる視線ではなかった。というより、むしろその逆……皆羨ましそうに見ている気がした。

そこへ、アリスが一言。

「関係ないかもしれませんが、私達を見ていたのは、ほとんど男性だったような気がします」

「そうだったの？」

「はい」

男性……羨ましく感じること……ああなんだ、そういうことか？　今さら気付くなんて、俺も鈍いな……

「どうしたの？　急にニヤケだして」

「何かわかったのですか？」

「え？　あー今さら気付いたんだけどさ？」

俺のニヤケ顔に首を傾げるリルネットとアリス。

「「？」」

「今日の俺は、両手に花を持って歩いてたんだなって」

きっと男達は羨ましかったのだろう。

リルネットとアリス。この二人の女性と歩く俺のことが……

しかし実際のところ、今日の視線の中には、それとは全く違う視線も含まれていた。この時の俺はそのことに気付くことはなかった。

13 エンカウント

夕刻。一日中王都を観光した俺達三人は、買出しを一緒に済ませて帰り道を歩いていた。

日が落ち始めているためか、昼間に見た王都とは少し違った雰囲気が感じられる。そういえば前にリルネットが言っていたっけ？

「王都はね、昼と夜で二つの顔を持っているんだよ！」

「二つの顔？」

「うん！　昼の王都は賑やかで活気溢れる街、でも夜の王都は静かで落ち着きを与えてくれる街になるんだ！」

　彼女の言っていた通りだ。夜が近づくにつれて、人の往来はそれほど減っていないのに少しずつ静けさが増してきている。完全に夜になれば、その静けさはきっとより強く感じられるんだろうな。

　リルネットが俺に尋ねてくる。

「ねぇレイ、今日は楽しかった？」

「ああ、お陰さまでな」

「良かった！」

「それより二人とも、今日は結構歩いたし疲れてないか？」

　元々今日は、最近修業漬けだったリルネットと、毎日家事全般を頑張っているアリスに休んでほしくて提案された王都観光だった。それが予想以上に歩き回ってしまい、休養とは言いがたい一日になった。

「こんなの毎日の修業に比べたら全然平気だよ？」

「そうか？　じゃあアリスは？」

「私も心配には及びません。ですので、その荷物は私が持ちます」

「それは駄目です」

俺に断わられ、ムスッとした表情を見せるアリス。そんな顔しても無駄だぞ？

「アリスには家に帰ってから食事の準備とかやってもらうからさ？　このくらいは俺にやらせてくれよ」

「……わかりました」

会話を弾ませ歩いていく。その道中、人だかりができていることに気付いた。何か騒ぎでもあったのだろうか？

俺達は近くへ行き、様子を窺うことにした。するとそこでは、マントとフードで全身を隠した人物が大男に絡まれていた。周りの人々は見物人だったらしい。

大男がマントの人物の胸倉《むなぐら》を掴んで怒鳴りつける。

「おいてめぇ！　ぶつかっておいて謝罪もねぇのか！」

「……」

「無視してんじゃねぇぞ!!」

マントの人物は無言のまま、抵抗する素振りも見せない。リルネットが俺に耳打ちする。

「助けたほうがいいのかな？」

「う～ん、どうだろうな？　最初から見てないし、どっちが悪いかもわからないからな」

余計な揉め事に巻き込まれるのは御免だ。それに赤の他人を助ける義理はない……のだが、リルネットの視線が、俺に助けてあげないの？　と訴えかけてくる。

どうしたものか……そう思っていた時——

「おい！　今からでも泣いて謝るなら許してやって——あ？」

大男の脅しの声が途切れた時には、手遅れだった。

マントの人物から飛び出した何かによって、大男の腹に風穴が空く。

倒れ込む大男。それを見ていた見物人達が悲鳴を上げる。

マントから飛び出したのは腕だった。

しかし——

「あの腕、人間のものじゃ——」

俺がそう呟いた時、マントの人物が雄叫びを上げ、マントを突き破って姿を晒した。俺は呆然としたまま、声を漏らす。

「……ガーゴイルか!?」

現れたのは翼を持つ怪物、れっきとした魔物だった。どうやらあのマントには、認識を阻害させる効果が付与されていたらしい。だから俺も気付けなかった。

それにしても、どうしてこんな街中に魔物がいる？

「ヴオオオオオオオオオ！」

再び叫ぶ魔物は、突如として大男の死体を掴み食らい始めた。

魔物は他の生物を捕食することで、自身の魔力を高める。

そもそも魔物とは、魔力の塊のようなものだ。魔物は、俺が勇者として活動する以前から存在していたとされ、いつどこで生まれたのかわかっていない。

それにしてもこいつから感じられる魔力、どこかで感じ取った覚えがあるような……

そこへ、リルネットが声を上げる。

「レイ！」

早くも大男を食べ終えた魔物が、その翼で空へ飛んだようだ。

「わかってる――これ頼むよ」

俺はアリスに荷物を渡した。

そして――

「【強化魔法：ギムレット】【風魔法：グラスウォーク】」

地面を蹴って飛び上がった。そのまま空気を蹴るように移動し、魔物の上空を取る。そのまま、ガーゴイルの頭部に踵落《かかとお》としをくらわせる。

【風魔法：グラスウォーク】は、足元の空気を圧縮して足場とする魔法である。飛行魔法とは違い、常時魔力を消費しなくて済む代わりに、足場を作るタイミング次第では落下する危険性がある。使い手のセンスが問われる魔法だ。

「ヴゥウウウ――」

「さすがに頑丈だな」

俺に撃ち落された魔物は、地面に叩きつけられ呻《うめ》き声を上げている。

このまま討伐してもいいのだが……こいつから漂う違和感が気がかりだ。

ここは、調べるために拘束するとしよう。

「【闇魔法：ネグローブ】」

俺が唱えた魔法により、魔物の足元に魔法陣が出現。そこから複数の鎖が飛び出し、魔物を拘束した。

【闇魔法：ネグローブ】は、相手の動きを制限する拘束魔法である。

「これで動けないだろ？　じゃあさっそく調べて――」

ふと、視線を感じる。どうやら敵はこいつ単体ではなかったらしい。建物の屋根からマントを羽織った何者かが俺を見ている。

俺は地上にいる二人に声をかける。

「なるほど。リル！　アリス！　こいつを見張っててくれ！」

「えっ！　レイはどうするの？」

「どうやら他にも仲間がいるみたいだ！　ちょっと捕まえてくる」

「かしこまりました。ここはお任せください」

「頼むぞ！」

そのまま俺はグラスウォークを使い、視線の人物を追った。

屋根の上を走って逃げようとするマントの人物。それを空を切って追走する俺。

移動速度は圧倒的に俺のほうが上だ。次第に距離が詰まっていく。

そしてついに――

「鬼ごっこは終わりだ」

一気に間合いを詰める。もうあと一歩で手が届くところまで接近した俺。しかし、そこへ先ほどとは別のガーゴイルが現れる。

「ちっ、もう一体いたのか」

打撃を受ける俺だが、それを難なくガードし距離を取る。だがその機に、再び逃亡しようとするマントの人物。

「逃がさない！　【光魔法：クラルスフィア】！」

周囲を白い壁が覆う。

【光魔法：クラルスフィア】、攻撃を反射する光の結界を張る魔法である。

結界に覆われ逃亡不可能になったマントの人物は、俺のほうへ視線を向ける。

「言っただろ？　鬼ごっこは終わりだって」

「……」

「それにしても驚いたぞ。まさか魔物を使役する奴が人間界にいるなんてな」

魔物を使役することは、並の魔術師では不可能だ。

それが可能だったのは、魔王だった俺と、強大な力を持っていた四天王達だけ。少なくとも、人間にはできない芸当。となれば、あのマントの人物はかつての仲間かもしれない。しかし、俺はその可能性はないと確信している。

なぜなら、四天王が敵に背を向けて逃げるなどありえないから。俺の誇り高き仲間達はそういう奴らだ。

俺はマントの人物に問う。

「なあ……そのマント、いつまで着けてるつもりだ？　どうせもう逃げられないんだし、着けてるだけ無意味だろ？」

「相変わらず、人を苛立たせるのが得意だな？」

その声、どこかで……

男はゆっくりとマントを脱いだ。

「お前は……」

「試験の時以来だな？　レイブ・アスタルテ」

マントの人物の正体。それは、二次試験で俺と戦った貴族だった。しかしあの時の彼とは、どこか雰囲気が違う。

「どういうつもりだ？」

「ん？　何がかな？」

「とぼけるなよ。お前は俺と戦った貴族だろ？　それがなんで魔物と一緒にいる？　それ以前に、どうやって魔物を使役した！」

「何を今さら。これが僕の才能だよ！」

先も説明したように、魔物を使役することは人間には不可能だ。それも彼程度の魔術師では。しかし彼は今、ガーゴイルを二体も使役しているではないか。

それに、このガーゴイルから感じられる魔力……

「まさかお前、黒魔法を使ったのか⁉」

貴族の男はニヤリと笑う。

この反応……間違いない。ということはつまり――

「そのガーゴイル、中身はあの時お前と一緒にいた二人だな⁉」

「正解だ」

やっぱりそうか。

こいつやりやがった。つまり、一緒にいた二人を、人間を魔物に変えやがったんだ！

黒魔法は魂を支配する。魂の在り方そのものを変えてしまうのだ。

一〇〇〇年前に多用され、あまりにも危険なので七〇〇年前に俺が使用を全面的に禁止した。この世界で最も忌《い》むべき力であり、魔術師が絶対に犯してはいけない禁忌《きんき》だ。

それをこいつは使いやがった。それも自分の仲間に……

「誰だ、一体誰が黒魔法を教えた！」

俺の部下である四天王ですら、黒魔法は使えない。正確には、使えないのではなく知らないのだ。

その理由は、かつて俺が黒魔法の存在をこれ以上世界に広がらないように隠蔽したからだ。

幸いにも七〇〇年前には、黒魔法を使える者はいなかった。だから隠蔽することは容易《たやす》かった……はずなんだ。

「答えろ‼　その魔法を誰に教わった⁉」

「ククク、それを教える必要があると思うか？」

「だったら力ずくで聞き出すだけだ！」

そうして俺が展開した魔法は、一体目のガーゴイルを縛り上げた魔法。【闇魔法：ネグローブ】である。

貴族とガーゴイルの真下に、その魔法陣が出現する。

「無駄だ！」

「なっ――」

しかし魔法陣は、【反魔法：ラプス】によって相殺されてしまう。そしてラプスを使用したのは、ガーゴイルのほうだった。

貴族の男が言う。

「何を驚いている？　こいつらは元人間だぞ？　そのくらいの知性があって当然だろ？」

「……」

「しかも今は、黒魔法であらゆる力を底上げしている！　この程度の魔法を使うなど造作もない！」

「こいつ……」

「レイブ・アスタルテ！　貴様の質問に答える気はないが、一つだけ間違いを正しておこう！」

「間違いだと？」

「そうだ！　貴様はさっき言ったな？　貴族である僕がどうしてと。それが間違いだ。今の僕は貴族ではない」

貴族ではない？　それはどういう意味だ？

「あの日、入学試験の日を境に、僕は家から追放された！　お前に負け、無様《ぶざま》な姿を晒したと言って、あいつらは僕を追放したんだ!!」

「――!!」

「もうわかるだろ？　僕がどうして黒魔法に手を出したのか！　復讐だよ！　僕のことを見捨てたあの親どもと、僕を認めなかった魔法学園への！」

どうやら、こいつがこうなってしまったのは、俺のせいらしい。

男が続ける。

「もう片方への復讐は終わった！　次は魔法学園の番だと思っていたが、先にお前を殺すのも悪くないなぁ！」

「片方って……まさか家族を⁉」

「はぁ？　当然だろ？　この僕を見捨てたんだ！　死んで当然だ‼」

いくらなんでも歪みすぎだろ。

「そこまで落ちてしまったか……」

「落ちる？　違うな！　僕は駆け上がったんだ！　誰もたどり着けない高みへ！　そして今、さらなる高みへ上り詰める！」

男がガーゴイルのほうへ視線をやり、右手を上にかざす。

「戻ってこい！」

ガーゴイルは、リルネットとアリスに監視されている。力で拘束を破ることができず、呻き声を上げていたが、しかし次の瞬間、【反魔法：ラプス】を展開し、拘束を解いてしまった。

「嘘⁉」

「リル様‼」

二人に緊張が走る。それに構うことなく、ガーゴイルは飛び去った。男のいる場所へ……

男の前に、二体のガーゴイルが並び立つ。俺には彼が、これから何をしようとしているのかがわかる。

彼はここに来て、さらなる禁忌を犯そうとしているのだ。

俺は大声を上げる。

「やめろ！　それを使えば、お前も人間には――」

「それでいいんだよ!!　僕は人間を超えて、真の超越者になるんだ！」

俺の制止を聞くことなく、男は魔法を使ってしまう。

「【黒魔法：メティスマキナ】!!」

俺がかけていた結界クラルスフィアを弾け飛ばし、二体のガーゴイルと男が融合する。男に取り込まれるように、二体のガーゴイルが吸収されていった。

変質する姿……それはまるで邪悪の化身《けしん》、神話に登場する怪物のようだった。

さっきまでのガーゴイルよりも巨大になり、翼は四枚、腕は四本に変化した。肌は黒く光沢を帯びていて、強靭な牙を生やし、鋭い爪を持っている。身体中にベタベタとした黒い液体を滴《したた》らせている。それがまた異様で、身体全体からどす黒いオーラのようなものまで放っていた。

勇者時代にも魔王時代にも何度も見てきた、人間を蹂躙《じゅうりん》し食い漁る化物。命をただの餌としか認識できないような化物がそこにいた。たった今誕生してしまったのだ。

「ヴオォォォォォォォォォオ!!」

怪物が雄叫びを上げる。その咆哮は、周囲の建物を軋ませるほど大きく強かった。遠くにいる人間達も、その姿を目にしていなくても恐怖を感じただろう。

まさに恐怖を形にしたものが、この化物であった。

14　灰色の守護者

【黒魔法：メティスマキナ】。その効力は、他者を取り込み自分の力とする。あいつはその魔法で、ガーゴイルと化した二人の仲間を取り込んだ。

化物に変貌した男が雄叫びを上げる。

「力が――力が溢れてくる！　これが本物の力だ!!」

変わり果てた自分の姿など気にせず、男は手に入れた力に酔いしれている。

こうなってしまってはどうしようもない。すでに、人間としての奴は死に絶えた。俺の目の前にいるのは、ただの化物だ。

「今なら誰にも負ける気がしないぞ!!　お前にもだ！　レイブ・アスタルテ!!」

「……」

「どうした！　恐ろしくて声も出ないか!?」

俺は化物となった男に、淡々と告げる。

「いや……哀れだと思ってさ」

「なんだと？」

「哀れだよお前は……そんな姿になったのに子供みたいにはしゃいで……本当に哀れだ」

ガーゴイルを取り込み融合したことで、彼の精神は人間から逸脱してしまっている。人間だった頃の感覚は徐々に消失しつつあるだろう。

彼はもう二度と人間には戻れない。それどころかもうじき、自分が人間だったという事実まで忘れてしまう。黒魔法を使うということは、そういうリスクをはらんでいるのだ。

そんなことも知らず、彼は力に支配されて――

「哀れ……哀れだと⁉　相変わらず忌々しい男だ！　そう思うならこれを見るがいい‼」

魔物と化した男が、右腕の一本を天にかざす。急激な魔力の高まりと同時に、上空に雷雲が出現する。

そう……あの時のように――

「まさか、これは――」

「くらえ！　【雷魔法：天雷】‼」

俺の頭上目掛けて雷が降る。

だが、瞬時に危険を察知した俺は、咄嗟に防御の魔法を展開する。

【光魔法：リフレクトジン】。光の壁を生み出し、攻撃を反射する防御魔法。結界のように広い範囲を守れないが、中位魔法でありながら上位魔法にも対抗できる、数少ない防御魔法の一つだ。

「どうだレイブ・アスタルテ！　これが今の僕の力だ！」

「……確かに驚いたな。まさか上位魔法まで使えるレベルに変貌しているとは。ただ、いくら強力な魔法が使えても、当たらなければ無意味だぞ？」

今程度の攻撃であれば、俺なら簡単に相殺できる。確かに黒魔法で力は上がっている。今の奴であれば、俺にダメージを与えることも可能だろう。

「安心しろ！　次の攻撃は必ず当たるぞ？」

化物は再び天へ手をかざす。また天雷を放つつもりだろう。先ほどよりも雷雲の数が増えていく。今度は複数放とうとしているらしい。

「甘いな。いくら数を増やしたところで……」

化物の表情の変化に気付く。

あの表情……確実に何か企んでいる。しかし一体何を？

考えながら上空を見上げる。

明らかに雷雲の広がり方が不自然だ。まるで、俺の頭上を避けているような……

「……しまっ――」

「落ちろ！」

雷が落とされる寸前。ようやく俺は、化物の狙いに気付いた。

こいつは初めから俺を狙ってなどいなかった。いや、それどころかどこも狙っていない……しいて言えば、王都全体を狙っていた。そして気付いた時には手遅れだった。

すでに落雷は放たれてしまっている。このままでは、王都の街に雷が降り注ぎ、多くの人間が死ぬことになる。

それはもちろん、俺がいなければの話だが——


「【時空間魔法：クロノスタシス】」


放たれた天雷が届くまでの一瞬。その一瞬で、俺はこの魔法を使用していた。

【時空間魔法：クロノスタシス】、ほんの数秒間だけ、時間を停止させる魔法。上位魔法すら凌駕する力、特異魔法と呼ばれる魔法の一つ。

「まったく、間一髪だったな……まさかクロノスタシスを使わされるなんて」

正直なところ、この魔法は使いたくなかった。

クロノスタシスは強力な魔法である分、消費する魔力が桁違いだ。無限の魔力を持つ俺以外が使えば、一秒すら行使できないだろう。

そしてそれ以外にもう一つ、大きなリスクがある。

この魔法を解除した瞬間、肉体に膨大な負荷がかかるのだ。その理由は、停止した世界の中での肉体的負担が解除時に凝縮されてやってくるため。つまり時間を止めれば止めるほど、解除した時の負担は大きくなる。

魔力に限界はない俺でも、体力には限りがある。そんなに長くは止めておけない。

早急に対処するとしよう。

「【雷魔法：エレクロッド】」

魔法を唱え、俺はクロノスタシスを解除する。止まっていた時間が動きだす。

放たれた雷撃は一瞬で方向を変え、俺の元へ集まった。その雷撃を俺はその身で受ける。

「ぐっ……」

【雷魔法：エレクロッド】は、避雷針のような効果を持たせることで、雷魔法の軌道をずらす魔法。本来は自分へ向けられた攻撃を、別の場所へ逸らす魔法だが、それを俺は自分自身に使ったというわけである。

「ぐはははは っ――お前ならそうすると思ったぞ！」

「そうかい……狙い通りで良かったな」

天雷五発はきついな……

魔法に耐性があるとはいえ、上位魔法はそれなりにダメージが通る。これをやり続けられたら、さすがに俺でも保たないぞ。

ここが街中じゃなければ、わざわざ身代わりになる必要もないのに……

「不利な戦いだな……まったく」

† † †

「あっちだよ。急ごう！」

「はい！」

リルネットとアリスが走る。ガーゴイルを監視する役目を担っていた二人。監視対象が逃亡したことで、その場に留まる理由がなくなった。今はレイブの元へ向かっている。

「さっきの雷って、天雷だよね？」

「はい。おそらく……ですが、彼が使ったとは考えにくいです」

こんな街中で上位魔法を使えばどうなるか。それがわからないレイブではない。二人もそのことをよくわかっている。

「それじゃやっぱり……」

「はい。まず間違いなく敵の攻撃でしょう」

上位魔法を使用可能な敵。それが今王都の街にいてレイブと交戦している。

二人の頭は不安に包まれていた。

「大丈夫だよね？」

「わかりません……」

複数の天雷が一箇所へ落ちる様《さま》を、彼女達は目撃していた。そしてその後も、幾度となく雷鳴が響いている。それなのに、街は一切破壊されていない。それがどういうことを意味しているのかわからない二人ではなかった。

「レイ……」

「……」

不安が増す中、ついにレイブが目視できる場所へ到達する。そしてその目に映ったのは、見たくなかった光景だった。

「そ、そんな——」

二人が目にしたのは、見たこともない化物と対峙するボロボロのレイブの姿である。

予想した通り、彼はすべての攻撃を肩代わりしていたのだ。その結果、全身ボロボロになり息を切らしている。

† † †

「ぐはははっ——無様《ぶざま》だな～。Sランク魔術師ぃ～」

……ったく、お構いなく何発も連射しやがって……。

いくら俺でも、上位魔法をくらい続けるには限界があるんだぞ。

それに対して、こっちは大規模な魔法が使えない。こんな街中じゃ上位どころか中位魔法すら危険だからだ。そんな状況なのに、あいつは黒魔法で魔法耐性が跳ね上がっている。下位魔法程度じゃ今のあいつの身体は貫けない。

「ここまで不利な状況も、久しぶりだな……」

まったく嫌になる。世界はこんなにも平和になったのに、どうして俺の前には、厄介な敵が現れているんだ？

別に俺は戦いが好きじゃないのに……

「いや、そうでもなかったな……」

訂正しよう。俺は戦いが嫌いじゃなかった。むしろ好きだったと思う。

強敵との戦い、生きるか死ぬかギリギリの攻防。勇者時代も魔王時代も変わらない。俺は戦うことに高揚感を覚えていた。だからなんだろう。

こんな不利な状況でも、自然と笑みを浮かべてしまうのは――

「あぁ？　何を笑っている？　まさかもう諦めたのか？」

「そんなわけないだろ？　いやなに、ちょっと昔を思い出してただけだ」

こういう不利な戦いを、俺は何度も体験してきた。そしてそれを、何度も何度も乗り越えてきたんだ。

それなら、今だってやることは変わらない。

どんな状況でも、それすら凌駕する理不尽でねじ伏せる、それが俺だろ？

「さて、続きを始めようか」

「続きだと？　貴様の魔法は俺には通じない！　それでどう続けるつもりだ？」

「そうだな、お前の言う通り、俺が今使える程度の魔法じゃ、お前を倒すことはできないだろう」

俺の返答に化物が笑みを浮かべる。だが、俺は言い放つ。

「だったら、魔法以外で戦えばいい」

俺の右手には、いつの間にか剣が握られていた。白を基調とした、西洋の剣と東洋の刀を合わせたデザインの剣だ。

化物は、馬鹿にするように高笑いする。

「なんだ貴様？　魔法が効かないから剣《それ》で斬ればいいとでも思ったのか？　そんな武器が通用するわけがないだろぉ？　今の僕の肉体は、聖剣でも持ってこない限り傷つきはしな――」

化物の視界から俺が消える。それと時を同じくして、化物は違和感を覚えただろう。

身体の左側が軽くなった？　と。

それもそのはずだ。化物の四本の腕は、すでに三本になったのだから。

「ぐおぉぉぉおぉぉぉおお――なんだ！　一体何が――」

ここでようやく、俺が自分の後ろにいることに気付く。しかし、気付けなかった。

あの一瞬で、俺が剣を振るっていたことに……そしてその一瞬で、自分の腕が斬り落とされていた事実に――

「く、くそがぁ！　なんなんだその剣は⁉」

「ん？　これはただの剣だよ」

「そんなはずがあるか！　この僕の身体を斬ったんだぞ⁉」

「いいや、ただの剣だよ……ほんの少しだけ、退魔《たいま》の力を持っているだけの剣だ」

「た、退魔だとぉ⁉」

もちろん奴の言う通り、これはただの剣ではない。これはかつて、俺が勇者だった頃に愛用していた剣。「導きの聖剣デュランダル」、その形状を変化させたものだ。

形状を変化させているのは、聖剣であることを隠すため。

形状を変化させたことで、デュランダル本来の能力は使えないが、聖剣としての力は健在だ。だからこそ、奴の身体をいとも容易《たやす》く斬ることができた。

「くそ！　くそ！　なんで再生しない？」

「だから退魔だって言っただろ？　その腕は二度と回復しないぞ」

「っ――」

完全に立場が逆転した。

追い詰めていたはずの男が、今は自分を追い詰めている。ここに来て化物は、失っていたある感情を取り戻したようだ。

その感情の名は――

――恐怖。


化物は恐怖していた。眼前に迫る脅威に、死という結末に……

「く、くそがああああああああああ」

化物は叫び、俺へ迫る。

しかし――


「眠れ――永遠に――」


俺は、刹那のうちに斬撃を浴びせる。化物の叫び声は途切れ、その巨体は落下していった。

斬り伏せられた巨体が、街の中央へ落ちる。その後に続いて俺も降りる。

このダメージではもう動くことはできないだろう。並の魔物ならこの時点でとっくに息絶えている。

「うぅ……」

「まだ息があるのか？　さすがにタフだな」

しかしこの魔物は普通ではない。黒魔法という禁忌によって生み出された怪物。恨みと憎悪で形作られた、負の産物である。

「レイ！」

そこへリルネットが駆け寄ってくる。アリスも一緒だ。

「傷だらけだよ!? 大丈夫なの？」

「そんなに慌てるな。大丈夫、傷は大したことないから」

「ほんとに!? ほんとのほんとに大丈夫なの？」

「大丈夫だって！ 心配しすぎだろ」

二人とも俺の強さを知っている。知っているからこそ、予想以上に苦戦している様《さま》を見て、不安で仕方がなかったのかもしれない。

心配されるような無様《ぶざま》な戦いを見せてしまったな。

「それより気を付けろよ？ そいつまだ生きてるから」

「ええっ!?」

「この状態で、まだ生きているんですか？」

「ああ……」

これが黒魔法の利点であり、欠点でもある部分。

黒魔法は魂の在り方を変えてしまう。この魔法によって変質した者は、この世の理《ことわり》から解放される。人間だった彼は、人間であることを捨てて魔物になった。

今の彼は理から離れたことで、死という概念からも解放されている。つまり彼は死なない……いや、死ねない存在になったのだ。

アリスが提案してくる。

「このまま王国へ引き渡して、牢獄に収容してもらうというのはどうですか？」

「いや、こいつをただの牢獄に入れるのは危険だ。退魔の力で斬ったから、自分では傷を再生できないが、第三者が力を貸せば別だからな……」

こいつに黒魔法を教えた人物。黒魔法を使えるような存在であれば、回帰魔法くらい使えるだろう。

「では、どうされるつもりですか？　まさか……」

「いや、殺さないよ？」

そもそも殺せないし……

「こいつを送る場所はもう決めてある。でもそれは――」

俺は右手を化物にかざした。

「こいつから情報を読み取ってからにしよう。【干渉魔法：インターベート】」

この魔法は対象の記憶を遡《さかのぼ》って見ることができる。これで彼に黒魔法を教えたのが誰かわかるはずだ。俺は彼の記憶をどんどん読み取っていく。そしてついに、疑わしい場面まで遡った。

しかし――

「うっ――強制的に解除された？」

肝心なところで魔法がキャンセルされてしまう。どうやら対策されていたらしい。この後何度繰り返しても、同じ場面で魔法が解除されてしまった。

「っち、これじゃもうわからないな」

悔しいが敵のほうが一枚上手だったらしい。

一体誰なんだ？　用意周到さといい、不気味だな……

「今考えても埒《らち》があかない……さっさとこいつを送ってしまうか」

「レイ、どこに送るつもりなの？」

「決まってるだろ？　こういう厄介な輩を封じられるのは、あの場所しかない」

「あの場所？」

俺は再び、右手を化物へかざす。そして今度はこう唱えた。

「開錠せよ――タルタロス」

化物の真下に漆黒《しっこく》の沼が出現する。そこから黒く濁った腕が無数に伸び、低く鈍い音を出しながら魔物を沼へ引きずり込む。

意識を失った魔物は、もがくことも声を上げることもなく沈んでいく。この魔物が起きていたのならきっと全力で抵抗したことだろうが、それは無駄な足掻《あが》きだ。

このタルタロスの泥に囚われたら最後、決して抜け出すことはできない。もがけばもがくほど締め付けられ、次第に呼吸すらできなくなる。そうならなかっただけ、この魔物は幸運だったというべきだ。

「な、何これ……」

リルネットは少し怯えているようだった。無理もない。この光景を初めて目にする者は、皆同じ反応をする。

沼へ完全に魔物が沈み、ゆっくりと沼も消えていく。

「よし、これで終わりだな」

「今のは一体……」

「え？　お前達まさか、タルタロスを知らないのか？」

二人のこの表情……どうやらそうらしいな。

タルタロスは、古《いにしえ》の時代……俺が勇者として活動するずっと前に、神々の手によって創られた監獄である。あの時代は、殺せない化物が当たり前のように存在していた。タルタロスは、それらを封じるために作られたと言われている。

ひと通り説明してやると、リルネットはキョトンとしていた。

「そんな場所があったのですか……」

「まぁな？　場所自体はこの大陸からずっと離れた北の孤島にあるらしい」

どうやら現代ではタルタロスの存在は一般的には伝わっていないようだ。

この平和な時代に、あの領域へ封じるほどの存在がいなかったからだろう。ちなみに俺は、タルタロスへの直接アクセス権を持っている。なぜかと聞かれても上手く説明できない。勇者として転生した後、いつの間にか使えるようになっていた。

「とにかく！　もう戦いは終わったんだ。早く帰ろう」

そう言って、俺はその場を立ち去ろうとした。

すると、どこからか手を叩く音が聞こえてくる。初めは小さかったその音は、どんどん大きくなっていく。よく周りを見渡すと、隠れていた人々が拍手をしていた。

人々は見ていたのだ。俺が化物と対峙する姿を。化物の攻撃から、必死に街を守る姿を。この拍手は、俺に向けた喝采《かっさい》だった。

† † †

この事件をきっかけに、レイブの名は王都中へ広がることになった。そして後に、灰色の髪を持つ青年が、凶悪な化物の攻撃を一身に受け、人々が住む王都の街を守り抜いた戦いぶりから、こう呼ばれるようになる。灰色の髪を持つ、人々を、王都を守護する存在。
その名は――

――灰色の守護者。

込められた意味こそ違うが、灰色というのはなかなかピッタリな名前だ。勇者と魔王の混ざりし者、相反する白と黒が混ざり合えば灰色になる。彼はまさに、灰色の存在だった。

この名はいずれ、世界中へ広がることになるだろう。

15　王立魔法学園

王立魔法学園。

国家魔術師を養成する唯一の教育機関。栄光あるこの学園に、晴れて新入生が入学する。そして今日は、その入学式が執り行われる。

「これより王立魔法学園第六六六期生、入学式を開式します」

司会の男性が壇上で開式の辞を言う。ホールに集められた生徒達。その中に、総勢百名の新入生、第六六六期生の姿もあった。

え……六六六期生なの？　なんだかものすごく不吉なんだけど……

俺が元いた世界では、六六六という数字は悪魔を表す数字だと言われ、不吉の象徴として扱われていた。まっ、俺元々悪魔だし関係ないけどね。

「続いて、新入生代表挨拶——レイブ・アスタルテ」

「はい！」

名を呼ばれ、俺は壇上へ上がる。

「初めまして、新入生代表のレイブ・アスタルテです……」

はぁ……面倒だ。首席合格者だからという理由で、半ば強引に任命されたこの役。

目立ちたくないと思っていたが、先日の一件以来、俺の名前は王都中に知れ渡ってしまった。加えて、入学早々Sランクとなり、同じSランク魔術師であるエレナの弟子だという事実。

今日までの一週間で、王都以外にも噂は広がっていっただろう。

そういえばあの後、一連の出来事をエレナに報告しに行った時、新しい情報を得ることができたんだ。

それも報告しておこう。

「入学試験の時の貴族が？」

「ああ。あいつがあの時一緒だった二人を黒魔法で魔物に変えたんだ。そして最終的に自分も魔物になりやがったよ」

「そう……」

「なぁエレナ？　現代で黒魔法を使える奴に心当たりは？」

エレナは首を横に振った。

「ごめんなさい。ワタシに心当たりはないわ……そもそも、黒魔法の使い方なんてどこにも残っていないはずよ？」

「だよな……」

吸血種《バンパイア》であり、人間界における最高峰の魔術師。その一人である彼女ですら、黒魔法の使い方を知らないと言うのなら、本当にそうなのだろう。

「魔界側ならどうだ？　使える奴はともかく、使い方が伝わってたりしないか？」

「それもないわね。ベル君が使用を禁止してから、誰もそれに触れてこなかった……だから魔界でも、使い方なんて伝わっていないわ」

結局、黒魔法を使える存在についての情報は得られなかった。

一体誰がなんの目的であの貴族に教えたのか。そもそもどうやって黒魔法を知ったのか。未だ謎のままである。

「それで、魔物になった貴族は殺してしまったの？」

「いや、タルタロスに送ったよ」

「――!?　そう……タルタロスに……」

エレナは微妙な反応をした。タルタロスへ送ったのはまずかったのだろうか？

「何か問題でもあったか？」

「実は最近になって、タルタロスから脱獄者が現れたのよね」

「なっ……あのタルタロスから⁉」

数多《あまた》の危険な存在を収容してきたタルタロスから？　どんな化物でも脱獄できない場所だというのに、平和になって魔法のレベルが下がった現代で？　そんなことありえるのか？

「本当なのか？」

「ええ、間違いないわ。タルタロスを監視していた部下からの報告よ」

一般には知られていないとはいえ、タルタロスには多くの化物が収容され続けている。平和になった現代では、タルタロス以上に危険な場所は存在しない。そう考えたエレナは、自分の部下に監視させていたらしい。

「脱獄が確認されたのは二ヶ月ほど前。数は、確認できただけで五体。何者かまではわからないそうよ」

「五体か……結構多いな。それに脱獄したってことは、監守兵《ガーディアン》達を退《しりぞ》けたってことだろ？　何者かわからなくても、相当厄介な奴らだってことは明白だな」

タルタロスには、収容した化物達を監視するために、監守兵《ガーディアン》と呼ばれる存在がいる。神々が創造した兵士で、その戦闘力は数体で一国の軍隊を壊滅させられるほどである。

「もしかしたら、その脱獄者の中に黒魔法を使える者がいたのかもしれないわね」

なるほど、その可能性はありえるな。

「確かに。あそこには一〇〇〇年以上前に収容された化物だっているからな」

その五体の中の誰か、もしくは全員が黒魔法を使うことができる可能性はある。

「エレナ、脱獄囚の情報が入ったら俺にも教えてくれ！」

「ええ、元からそのつもりよ」

「よし――」

ここに来て俺の三度目の人生に目的ができた。黒魔法を教えた人物を捕まえること――そしてその可能性が高い脱獄者達を捕らえることだ。

これは、かつて黒魔法を禁じた者として果たさなければならない責務だろう。魔王でなくなったとはいえ、俺がやらなくてはいけないことだと思う。

そんな風に決意を新たにしている時だった。

「あっ、そういえば伝え忘れていたけど」

「ん？」

「入学式の新入生代表挨拶、ベル君に決まったからよろしくね？」

「……へ？」

そんなこんなで現在に至る。

別に、平穏な学園生活なんて求めてないけど……もう少し楽はできないのかな～。

俺は頭の中でブツブツ文句を言いながら、代表挨拶を終えた。

「……ありがとうございました。続いて生徒会代表挨拶――フレンダ・アルストロメリア」

生徒会代表？　この学園にも生徒会なんてものがあるんだな。

一人の女子生徒が壇上へ現れる。その女性は、腰までかかる長い桃色の髪を靡《なび》かせ、気品溢れる態度で歩いていた。

綺麗な人だな……生徒会の代表ってことは、この人が生徒会長なんだろう。

「新入生の皆さん、私は在校生代表、生徒会のフレンダ・アルストロメリアです」

そういえば、今の学園には今年からAランクになった生徒がいるらしいと聞いていた。学生でAランクになった者は、今回が初だそうだ。なんとなくだけど、もしかしたらこの人が？

「それでは、皆さんの今後の活躍を期待しています」

会場から拍手が送られる。

なかなか風格のある人だったな――ん？　一瞬だけ、彼女と目が合った……というより睨まれた。

えっ、今確実にこっち見たよね？　めちゃくちゃ睨んできた気がするんだが？

そのままフレンダは壇上を去っていった。なんだったんだ、一体……

その後は、新入生全員が一つの部屋に集められ、オリエンテーションが行われた。オリエンテーションの内容は、主に今後の学園生活の説明。

学園生活でやることは二つある。

まず、魔法に関する講義を受講すること。どの講義を受けるかは自分で決め、最終的に必要な単位数を超えるように調整する。そしてもう一つは、実際に魔術師として依頼を受けることだ。

依頼には、五人一組のチームで対応する。現役の魔術師も、数名から数十名のチームで活動している者がほとんどなので、チームでの活動に慣れるという意味もあるようだ。

「では、これでオリエンテーションを終了する！　実際の講義は明日からだ。今日は自由に過ごしてくれ」

そう言うと、オリエンテーションを担当した講師が部屋を出ていった。

「はぁ～。やっと終わった」

長時間、話だけ聞くというのは、なかなか応える。これからの講義の間、起きていられる自信がないな……。

「レイ、この後どうしよっか？」

ぐったりしていると、リルネットがそう言って近寄ってくる。アリスも一緒だ。そしてアリスはこう提案してきた。

「先生は自由にと言っていましたし、このまま帰宅しますか？」

「そうだな～」

正直疲れてしまったし帰宅には賛成だ。ただ、元の世界での経験を踏まえると、学園生活っていうのは初日が肝心だったりする。

俺はともかく、この二人には良いスタートを切ってもらいたい。でも、皆、俺達には話しかけにくいんだろうな。現にここへ来るまで、誰一人話しかけてこなかった。

教室を見渡すと、すでにいくつかグループができている。せめて一人でもいいから、話しかけてくれればいいんだが――

「な、なぁ！　ちょっといいかな？」

と思っていた時、一人の男子生徒が声をかけてきた。

短髪でガタイの良い、見た感じは好意的に思えるが……

「なんだ？」

「灰色の守護者があんただっていうのは、ホントなの？」

灰色の守護者？　ああ、確かこの前の事件の後から、巷《ちまた》で俺はそんな風に呼ばれてるんだっけ。

別にもうたくさんの人に見られたし、ここで誤魔化しても仕方がないな。

「そうだと思うけど？」

「おお！　やっぱりそうなのか！　見たぜ、あんたの戦いっぷり!!　すっげぇカッコ良かったぜ！」

「あ、ああ……どうもありがとう」

急にテンション高いな、こいつ……

「ん？　見たぜってことは、あの場にいたのか？」

「え？　いいや、これで見たんだよ！」

そう言うと彼は右手首を差し出してきた。手首にはブレスレットが巻かれており、魔法石らしき物が嵌《は》められていた。

ちなみに魔法石というのは、魔力を溜めたり、術式を記憶させたりできる石のことだ。

「なんだこれ？」

「なんだって、コネクターだけど？」

そう言った直後、腕輪の魔法石から映像が飛び出す。

何これすごい！　こんなの、俺が生きてた時代にはなかったぞ？

「その反応……もしかしてホントに知らないのか？」

男子生徒は呆れたように俺を見ている。

「あ、ああ、ずっといな——じゃなくて、修業ばっかりしてたからな～」

「へぇ～。修業って学園長とか？」

「そ、そうだけど？　それよりそれについて教えてくれ！」

「おう！　コネクターっていうのは、簡単に言えば通信用の魔道具だよ！　この腕輪に組み込まれている術式は、他の腕輪の術式と繋がってるらしくてさ。離れた相手と会話したり、こうやって映像を送ったりできるんだ！　ちなみに記録媒体としても使えるから、送られてくる映像を保存することもできる」

めちゃくちゃ便利じゃないか！　魔道具のほうは本当に目覚ましい進化を遂げてるな～。

「これって普通に手に入るの？」

「ああ、魔道具扱ってる店なら、たいてい置いてると思うけど？」

よし、今度買いに行こう。ちなみにリルネット達は……持っていました。二人とも、そんな便利な物持ってるなら先に教えてくれよ……

「教えてくれてありがとう。えーっと……」

「あっ、悪い悪い。まだ名乗ってなかったな？　俺はグレン・バルバトスだ！　これからよろしくな!!」

グレン？　そういえば合格者発表の時、リルネットの名前の上にあったような……

「ああ、よろしく頼む」

「そこのお二人さんもよろしくな！」

そう言ってグレンがリルネットとアリスに声をかける。

「えっ？　わ、わたしもですか？」

「ん？　そうだけど？」

リルネットが戸惑いを見せる。

「えっと……何か悪かったかな？」

「ううん、そうじゃなくて、普通に話しかけてきてくれるなんて思ってなかったから……」

「あ〜。あの変な噂か？　別に気にしてないよ。俺頭悪いし、覗かれて困るようなこと考えてないしな〜」

ずいぶんと軽い感じの奴だな。でもお陰で、リルネットが嬉しそうな顔をしてる。

そうだ！　せっかくだから、俺がもう一押ししてやろう。さっきも言ったけど、学園生活というのは初日が大事だからな。たぶんこれが、俺にできる最後の手助けだ。

「皆ちょっと聞いてくれないか？」

俺はその場で立ち上がり、教室にいる全員に向けて言った。

そして、ちょっと緊張しつつ、さらに続ける。

「皆も知っての通り、彼女には特別な力がある。今まではそれを制御できてなくて、本人も周りも苦労していたみたいだ——でも、今は違う！　俺と、俺の師匠によって彼女の力は制御された。今の彼女には周囲の心の声は聞こえていない！」

……一瞬の沈黙の後、教室中がざわつきだした。

俺は一応、エレナの弟子ということになっている。俺とエレナの名前を出すだけで、この話には現実味が出てくるはずだ。

これなら皆も信じてくれるだろう。

「だからどうか！　皆普通に接してほしい！　頼む——」

俺は止《とど》めに、頭を下げた。

それを見たリルネットも続く。

「あの、わたし、皆さんと仲良くなりたいです！　迷惑はかけません！　だから……よろしくお願いします！」

彼女も同じように頭を下げる。

すると……徐々に拍手が聞こえてきて、やがて教室中の皆が拍手していた。

……なんだ！　皆良い奴じゃんか！

これがリルネットの、学園生活の第一歩になる。

16　生徒会

「なぁ！　せっかくだし、これから皆で学園の中を見て回らないか？」

「あっ！　それいいかも！」

リルネットの件が終わった後、わずか数分で打ち解けた同級生達。解散を言い渡され、これからどうしようかと思っていたら、同級生の一人からそんな提案がされた。

「あんた達もどうだ？」

グレンが尋ねてくる。

「別に構わないぞ？　あと俺のことはレイって呼んでくれ」

「了解レイ！　二人もそれで良い感じか？」

グレンがリルネットとアリスに確認する。

「うん！」

「わたしは二人が良ければ構いません」

「よし！　それじゃさっそく——」

グレンがそう返答した時、教室に一人の女性が入室してきた。

「失礼するわ」

その女性とは、先ほど壇上で生徒会の代表として挨拶をした人物。フレンダ・アルストロメリアだった。

「え……あれってさっきの人だよね？」

「うん、生徒会の人だ」

同級生達が小さな声で話している。

フレンダは教室を見渡し、俺と目を合わせた。そして、淡々と告げる。

「レイ・アスタルテ——君に話したいことがあるから、今から一緒に来てもらえないかしら？」

「えっ、俺にですか？」

「ええ、そうよ」

俺はここで、入学式のことを思い返した。彼女が壇上を去る時、一瞬だが彼女は俺と目を合わせたのだ。その時のことが気になる。

すごく睨まれたけど、別に何も悪いことはしてないし、怒られるわけでもないだろう。

「わかりました。すまない皆、後で合流するから先に行っててくれ」

「お、おう。わかったぜ！」

グレンの返答に頷き、俺はリルネットのほうへ向く。

「リルも皆と一緒にいてくれるか？」

「うん。後でちゃんと来てね？」

「わかってるよ。アリスも頼む」

「かしこまりました」

そうして、俺はフレンダと共に教室を出た。


俺が去った教室では――

「やっぱすげぇなあいつ……入学初日から生徒会に呼び出されるなんてさ！」

「レイ、大丈夫かな……」

「彼なら問題ないでしょう。それより、わたし達も出発しないのですか？」

「おっ！　そうだったな！　皆行くぞぉー」

リルネット達も教室を出ていくのだった。


その頃フレンダに連れられた俺は、行く宛もわからないまま、彼女についていっていた。

「あのー、どこに向かってるんですか？」

「生徒会室よ」

フレンダは歩みを緩めることなくそのまま返答する。

なんだろう？　やっぱりこの態度って……

「すみません。俺、何か気に障ることしちゃいましたか？」

俺がちょっと心配になって質問すると、フレンダが立ち止まった。そして振り返って尋ねてくる。

「どうしてそう思ったのかしら？」

「いえ、なんだか警戒されているみたいですし……」

「そう……やっぱり態度に出てしまうのね……」

フレンダは少し落ち込んでいるような様子を見せる。そしてこう続けた。

「ごめんなさい。別に君を嫌っているとかじゃないわ」

「そうなんですか？」

「ええ、私は男性があまり好きではないの。気を付けてはいるのだけれど、やっぱり隠しきれないのね」

「それじゃ、壇上で俺を睨んだのは？」

「ああ……あれはこの後、君をこうして連れ出さないといけないと考えていたから、つい見てしまったのかもしれないわね」

別に男性が苦手とか嫌いな女性は珍しくない。過去に何かあったのかもしれないし、それを詮索つもりはないが……とにかく俺が嫌われてるとかじゃなくて良かった。

「なるほど、それを聞いて安心しましたよ」

「ごめんなさいね？　なるべくバレないように気を付けているんだけど」

「別に無理しなくても良いですよ。嫌いな物をいきなり好きになれってほうが無理だし、俺も変に近寄ったりしないようにするんで」

「そう言ってくれるのはありがたいのだけど、君と距離をとってもいられないのよ……」

「え、それってどういう――」

「着いたわ」

気が付くと、すでに目的の場所まで到着していた。

俺達の目の前にあるのは立派な扉。ここが生徒会室らしい。

「話の続きは、この中でしましょう」

フレンダはそう言って扉に手をかける。ゆっくりと扉が開いた。

「あ！　やっと来たね？」

そこにいたのは、青い髪に青い瞳の少女だった。

見た目はかなり幼く、とても一五歳以上には見えない。こんな幼い女の子、同級生にはいなかったし、上級生のわけはないだろう。もしかしてここの生徒じゃないのか？

俺が困惑していると、少女が口を開く。

「初めましてレイブ・アスタルテ君！　急に呼び出してごめんね～」

「あのすみません……この子誰ですか？」

俺がフレンダに聞くと――

「生徒会長です」

……え？

「あの……今なんて？」

「この学園の生徒会長、三年生のシルフィー・フェレーラよ」

フレンダが生徒会長じゃなかったのかよ！

え、え？　ちょっと待てよ。どう考えてもフレンダのほうが生徒会長っぽいだろ。というか今、三年生って言ったか？　この外見でまさかの年上？

少女がニコニコしながら言う。

「その反応～。もしかしてフレンダが生徒会長だと思ってたかな？」

「うっ……」

「正解みたいだね？　あっはははは～。やっぱり皆間違えるんだよね～」

生徒会長だという少女が笑う。

フレンダはやれやれといった表情をしていた。

「それじゃ！　改めて自己紹介をするよ？　ボクはシルフィー・フェレーラ！　この学園の生徒会長さ！　それで、君が生徒会長だと思ってた彼女は――」

「私も改めまして、フレンダ・アルストロメリア、役職は書記です」

しょ、書記だったのか。ま、まぁそれはそれで納得な役職か。字が綺麗そうだし……

俺はふと気になって尋ねる。

「あれ？　これだけですか？」

「ううん、あと二人いるよ？　一人はちょっと遅れてるみたいだけど、もう一人ならさっきからそこに――」

シルフィーが部屋にあったソファーを指差す。そこにはすでに緑色の髪の少女が座っていた。

嘘だろ？　全然気付かなかったんだが？

「あ、あの……生徒会会計……二年のサヤです。よ、よろしくお願いします」

「ど、どうも」

サヤと名乗った少女は自信なさげに挨拶をしてきた。

なんなんだこの人……

サヤは、両目を隠すほど前髪を伸ばしていた。体型は年齢的な標準ってところだろうか。どことなく気配がわかりにくいというか、影が薄い。

「さて！　自己紹介も済んだことだし、さっそく本題に入ろうかな？」

シルフィーはそう言うと、まっすぐ俺を見つめてくる。

そして――

「レイブ・アスタルテ君、生徒会に入らないかい？」

突然勧誘してきた。

「いきなりですね……俺、新入生ですよ？」

「うん、知ってる」

「じゃあ、なんで俺を？」

「もちろん、君に生徒会へ入ってほしいからだよ！」

質問の答えになってないんだが……

というか――

「そもそも、生徒会ってなんなんですか？」

「それは、私が説明します」

そう言って俺とシルフィーの間に入ってきたのは、フレンダだった。

「生徒会は、学園生の中から選ばれた五人で構成される組織。その役目は大きく分けて四つ——一つは毎年行われる学園行事の運営。二つ目は生徒達の支援」

「生徒達の支援？　そういうのって教員の仕事じゃないんですか？」

俺が疑問を挟むと、フレンダは当然といったように告げる。

「もちろんそうよ？　でも、基本的になんでも生徒達だけで解決する——というのが、この学園のスタイルなの。特に依頼に関しては教員は介入できないしね。そこで同じ生徒である我々生徒会が、その支援を行う役割を担っているの」

フレンダの言う支援の内容は、単純なお悩み相談から難易度の高い依頼まで様々あるとのことだった。

「なるほど。役目は四つということだから、あと二つあるんですよね？」

「ええ、三つ目は——有事の際、この学園と生徒達を守ることよ」

フレンダ曰く、この三つ目が最も重要らしい。

この王立魔法学園は、国家魔術師を養成する機関——将来有望な若い魔術師が集まる場所である。つまり、王国や国家魔術師を快く思っていない連中にとっては格好の的《まと》となるため、学園の生徒に危害が加えられそうになった時、生徒達を守る盾となるのが、この生徒会なのだという。

「生徒会メンバーに求められる素質はいくつかあるけど、その中で一番大事なのは、なんと言っても強さなんだ！」

「それで俺なんですね」

なるほど。ここで俺はようやく納得した。

「その通り！　君は入学早々Sランクになった。その実力は間違いなく学園最強……そんな君だからこそ、生徒会に入ってほしいというわけなんだ！」

生徒会——学園の秩序と平和を守る組織か。

「ん？　そういえば最後の一つは？」

「ああ、それはボク達宛に来る依頼を受けることだよ？」

「……そんなのあるんですか？」

「うん！　そこまで数は多くないけど、大体難易度が高くて時間がかかる依頼が多いかな？」

生徒会を指名する依頼……それだけで面倒そうな予感がしてしまう。

「それじゃ、やっぱり結構忙しいんですよね？」

「まぁそれなりにね～」

俺は数秒考え、そしてこう答えた。

「すみません。せっかくのお誘いですが、お断りさせてもらいます」

「ええっ!?　なんで？」

シルフィーは、俺がすんなり受けるとでも思っていたのだろうか。ずいぶんと大げさに驚いていた。

いや、そんなに驚くことか？

「俺は、リルとアリス……あいつらとの時間を大切にしたいんです。生徒会に入って、その時間が削られるのは嫌なんですよ」

これまでの話を聞いて、俺が出した結論がこれだ。

学園を守るという生徒会の大義は素晴らしいと思う。でもそれは、生徒会に入らなくてもできることだし、それに――

「話を聞いてると、生徒会は生徒達が頼りにする組織ですよね？　いくら俺がSランクだからって、そんな組織に入学したての俺が入ってしまうのは……」

「ん？　それなら問題ないよ。君だけじゃないし」

「え？」

扉をノックする音がした。そして、一人の生徒が中へ入ってくる。

「失礼しまーす！　遅れて申し訳ないっす」

「あっ！　ちょうど良いタイミング！」

扉を開けて入ってきたのは、褐色《かっしょく》の肌に赤茶色の髪をした女の子だった。フード付きパーカーを羽織っていて、頭をフードにすっぽり入れている。

この娘、どこかで見たような……

シルフィーが言う。

「紹介するよ！　彼女は庶務のクラン・プレンダーガスト、新しく生徒会メンバーになった君と同じ新入生だよ！」

「よろしくっす！　レイブ君！」

クラン……思い出した！

入学試験の時、最終結果で俺に次いで二位にランクインしてた娘だ。この娘も生徒会にスカウトされてたのかよ。

「クランは入学試験でCランクだったんだよ！」

「いや〜、あんなのマグレっすよ〜」

クランは手を頭の後ろに当てながら、軽い口調でそう言った。

生徒会長がニコリと笑って言う。

「彼女も同じ新入生だし、これで問題ないでしょ？」

いや問題ないでしょ？　って……先にもう一人加入してるからってことか？　俺が言ったことの説明にはなってないような気が……

ふと思い出し、俺は質問する。

「ん？　そういえばさっきの説明で、俺は選ばれたって言ってましたよね？　あれって生徒会長が選んだってことなんですか？」

「ううん、君を推薦したのは学園長だよ？」

エレナが？　そうだったのか。それなら……話は変わってくるかな。

俺は改めて、告げる。

「……わかりました。やっぱり入ります――生徒会」

「えっ⁉　いいの？」

「はい」

エレナが推薦したってことは、何かしら意味があるんだろう。

魔王時代も、彼女の采配《さいはい》や意見には何度も助けられた。彼女は嫌がらせが得意だが、意味のないことはしない。おそらく今回も何かしら目的があるはずだ。まぁそれ以前に、エレナの誘いを断ったら……確実に大変な目に遭う。

俺は、一応条件を言っておく。

「ただ、さっきも言いましたが、俺はリル達との時間を大切にしたいんです。だから、基本的には彼女達との時間を優先します。それでも良ければですが」

「うん、それでいいよ！　君が入ってくれるだけでボクは嬉しい‼」

シルフィーは無邪気な笑顔見せた。こうもまっすぐに喜んでるとわかる笑顔というのはなかなかお目にかかれない。不思議な人だな。

続けて、シルフィーがニッコリ笑って言う。

「それじゃ、これからよろしくね！　レイブ副会長！」

「はい――って、副会長？」

「そうだよ？　だって余ってる役職それしかないし」

「えぇ……」

余り物にしては、大役すぎませんか？

こうして俺は、魔法学園生徒会メンバーの一員となった。

これから毎日、退屈しない学園生活になりそうだ。

17　魔法について勉強しよう

「――ということがあって遅れた。すまんな、二人とも」

ここは、俺達三人が住むアストレア皇国所有の屋敷。登校初日を終えた俺達三人は、すでに帰宅していて、今は夕食の最中である。

俺の報告に、二人は驚いていた。

「すごいねレイ！　いきなり生徒会に勧誘されるなんて！」

「それで了承なされたんですか？」

「まぁな」

面倒事は避けたいが、俺を推薦したのはエレナ……きっと何か思惑があるんだろうし、仕方ない。

「あーでも、基本的にはこっちを優先するよ。刻印まで刻んでおいて、二人をほったらかしにはできないからさ。会長にもそう伝えたよ」

俺がそう言うと、リルネットが申し訳なさそうに言う。

「そんなに気を遣わなくてもいいのに……」

「大丈夫、俺がそうしたいだけだから」

「そうなんだ。だったら良いかな？　ううん、嬉しい！」

リルネットが笑ってくれた。この笑顔があるから、俺は彼女達との時間を優先したいと思ったんだよな。俺は二人に尋ねる。

「そういえば二人とも、学園探索はどうだった？」

「すごかったよ！　いろいろ見たことない物がたくさんあったんだ！」

「魔法を学ぶのに、これ以上の場所はないと感じました」

「そっか、充実してたなら、何よりだよ」

生徒会室での一件が終わり次第、俺もリルネット達に合流して探索する予定だった。

ところが、意外と時間が過ぎていたらしく、生徒会でのあれこれが終わった頃には学園探索は終わり、彼女達も教室へ戻ってきていたのだった。

俺は彼女達の話を聞きつつ、ふと思い出して告げる。

「そうだ！　実は俺以外にもう一人、生徒会に入った新入生がいてさ」

「レイ以外に？」

「ああ、名前はクラン・プレンダーガスト。変わった格好をした女の子なんだけど、二人は知ってる？」

俺が尋ねると、二人は考え込みだした。しばらくしてアリスが口を開く。

「変わった格好……フードを被っていた女性ですか？」

「そうそう、その娘」

「彼女ならオリエンテーション終了後、すぐに教室から出ていくのを見ました」

「あーわたしも見た！　皆で話してる時もいなかったね？」

二人とも印象に残っているらしい。

「俺も生徒会室で初めて対面してさ、この後皆と合流するけど一緒に来ないかって聞いたら……あたしは遠慮しとくっす――って断られたよ」

実際、合流しても意味なかったし、結果的には良かったのだけれど。

「へぇ～、集団行動が苦手なのかな？」

「そうは見えなかったけどな～。明日また会えるだろうし、少し話してみるかな」

俺が呟くと、リルネットが楽しそうに言う。

「わたしも話してみたいな～」

「いいんじゃないか？　良い機会なんだし、リルも自分からどんどん話しかけていくと良いよ」

「うん、そうする！」

今日の一件で、クラスのリルネットに対する偏見は払拭されたはずだ。これで上手くいけば、彼女はもっと交友を広げることができるだろう。

それでいつかは、ただの女の子になれる日が来ると思う。

「アリスも、せっかくなんだから、いろんな人と関わると良い」

「わかりました」

一月でいろいろあったが、こうして俺達の学園生活初日が終了したのだった。


そして次の日、さっそく俺達三人は講義を受けていた。

内容は魔法の基礎だ。

「――であるからして、魔法を使用するには、いくつかの条件をクリアする必要がある。まず一つは魔力だ。必要な魔力が用意できなければ、決して魔法は発動しない。次に魔法の術式を理解し記憶すること！　それができていないと、正しく魔法陣は起動されないからな！　そして最後に必要なのが、魔法発動後を強くイメージすることだ！」

以前に俺が、魔法の同時使用が難しいと話したのを覚えているだろうか？

賊との戦闘の際、【氷結魔法：アイリス】と【反魔法：ラプス】を同時に使った時のことだ。その理由に今、先生の説明にあった、発動後をイメージするというのが深く関係している。

魔法を発動させるには、その魔法で起きる現象を細かくイメージしなくてはならない。イメージが不完全な場合、発動する魔法も不完全になってしまうのだ。そしてこのイメージは、一つの魔法に対して必ず一つ必要になってくる。

全く別の魔法を同時に使おうとした場合、それぞれの魔法の結果を、別々にイメージしなくてはならない。別々のイメージを、一つの脳内で同時に実行する……それがかなり難しい。

ギムレットのように、一度発動すれば持続する魔法は別として、効果や属性の異なる魔法を同時に使うことは、かなりのセンスを求められる。だから、魔法の同時使用は限られた天才にしかできないと言われている。

「そして魔法の分類は……」

それにしても退屈だ。

この程度の知識なら、魔王になるための修業で嫌というほどエレナに叩き込まれている。今さら聞き直すような内容じゃない。

しばらくこのレベルの講義が続くと思うと、少し憂鬱《ゆううつ》になるな。

迫り来る眠気と戦い続けていると、ようやく実技訓練の時間がやってきたのだった。

魔法学園の地下には模擬戦用の部屋がある。広さは屋外闘技場の四分の一以下だが、部屋を囲む壁は頑丈に作られており、魔法によって強化されている。

この壁を破壊するためには、上位魔法を使用するか、何回も同じ場所に魔法を連発するしかない。つまりここは、周りへの被害を気にすることなく魔法が使える特別な部屋なのだ。俺達新入生の実技訓練はこの地下室で執り行われる。

「全員集まったな？」

新入生総勢百名。すでに見知った顔もあれば、そうでない奴もいる。

「それでは実技訓練を始める前に、その意義を説明する。君達はこの学園生活において、実際に依頼を受けていくことになる。依頼によっては魔物との戦闘、魔術師同士の戦闘を強いられる場面もあるだろう。そうした時のために、実戦経験を積めるだけ積んでほしい！」

依頼を受け始めるのは約一ヶ月後。それまで講義がある日は、毎日実技訓練を行うことになっている。

これには俺も賛成だ。実際何度も戦闘を経験している俺だからわかるが、戦闘は経験の差が大きく出る。特に魔術師同士の戦いでは、それがより色濃く現れるだろう。

どれだけ強力な魔法が使えても、当たらなければ無意味であるように、どんな才能も封じられればそれまでだ。そうならないためにも、この訓練は大切だと思う。

「次に、訓練内容について説明する。これから君達には二人一組のペアを作ってもらい、実際に戦ってもらう」

一対一での模擬戦闘。確かに実戦経験を積むには、実際に戦闘するのが一番だな。

「それと、これはまだ先のことになるが、今後、各チームが決定次第、チーム同士の戦闘訓練も織り交ぜていくつもりだから、考えておくように」

チーム？　ああ、そういえば確か五人のチームを作らないといけないんだっけ？

リルネットとアリスは決定として、あと二人はどうしようか……考えておかないとな。

「それでは各自ペアを作ってくれ！」

チームはさておき、対戦相手だよな。さて……俺はどうするかな。

「レイ」

リルネットが話しかけてくる。

「どうした？　リル」

「あのね？　わたしアリスとペアになろうと思ってて……」

「いいんじゃないか？　こういうのは実力の近い者同士で組んだほうが効率的だ」

同じDランク同士ならベストな組み合わせだろう。でも、なんだかリルネットは申し訳なさそうにしている。

「それでね？　レイはどうするのかなって」

「ああ、俺の心配してくれたのか？　大丈夫、気にするな」

俺はリルネットの頭を撫でながらそう言った。大丈夫とは言ったものの、俺とペアになりたいという物好きなんてあんまりいないよな～。

するとそこへ彼がやってくる。

「レイ！　俺と組もうぜ！」

「グレン！」

彼はグレン・バルバトス。彼とは昨日の一件で友人になった。

「いいのか？」

「もちろんだぜ！　こういうのは強い奴と組んだほうが訓練になるからな！」

ありがたい。彼と友人になっていて良かった。

「それじゃよろしく頼――」

ここで俺は、視界の端に、ある人物を捉える。

「あー、悪いグレン……やっぱり今回は別を当たってくれないか？」

「えっ、なんで？」

「実はちょっと気になる奴がいてさ？　そいつを誘ってみようかと」

「そ、そうなのか……残念だ」

「すまんな」

せっかく誘ってくれたのに申し訳ない。後でもう一度謝っておこう。

「別にいいぞ。ん、もしかしてそいつ女か？」

グレンの言葉を聞いて、リルネットとアリスが小さく反応する。

「そうだけど？」

「あ～、なるほどな～。それならそうと早く言えよ～」

急にニヤケだすグレン。不満そうな表情をするリルネットとアリス。そして、二人がそんな表情をする意味がわからないという顔の俺。

「じゃあ俺は別の奴を誘いに行くから！　頑張れよレイ！」

そう言い残してグレンは去っていった。

「なんなんだ、あいつ……まぁいいや」

俺はその人物のもとへ向かった。

「――クラン！」

「あっ、レイブ君！　昨日ぶりっすね～」

俺と同じく新入生で生徒会に加入した女の子。クラン・プレンダーガストだ。

「クランはもうペアは決まったのか？」

「いや～それがなかなか見つからないっすね～。あたし人付き合いとか苦手なんで、まだあんまり他の子と話してないんすよ～」

「そっか、もし良かったら俺と組まないか？」

「えっ、いいんっすか？　あれ？　でも誰かに誘われてたっすよね？」

なんだ？　さっきのやり取りを見てたのか。

「あれは断ったよ。他に誘いたい奴がいるからってね？」

「誘いたいって、あたしをっすか？」

「そうそう。お互い生徒会メンバーで同級生だし、これから関わる機会も多いだろ？　だから、早めに仲良くなっておきたいと思ってさ」

「ほぇ～。ん？　もしかして今、あたしナンパされてます？」

「なんでそうなるんだよ……」

やってることはそうだけどね。

それにしても、やっぱりこいつは変わってるな。

「それで、お前の返答は？」

「もちろんオーケーっすよ！」

「よし！　決まりだな」

各自ペアができたところで、先生は再び説明を開始する。

「戦闘は五組ずつ行う！　最初にやりたいペアは前に出てきてくれ！」

俺はクランに視線を向ける。

「いいっすよ？」

俺が見ただけで意図を察してくれたらしく、クランが答える。

「行こうか」

俺とクランが前へ出る。

学年首席バーサス学年次席。激しい戦いになりそうだ。

† † †

「開始前にルールを説明するぞ！」

実技訓練一組目、五つのペアが対面していた。その中の一組に、俺とクランのペアもある。

「——と言っても基本的には入学試験の時と同じだ！　制限時間五分以内に、相手を戦闘不能にするか降参させれば勝ちとする。上位魔法の使用は禁止だ！　部屋が保たないからな！」

これはたぶん俺に言っているんだろうな。

先生と目が合う。

大丈夫ですよ？

さすがにこの状況で上位魔法なんて使ったら、俺達どころかここにいる全員を巻き込むことになる。それにこれは殺し合いじゃない。

「レイブ君～。お手柔らかに頼むっすよ～」

「俺は訓練だからって手は抜かないぞ？　だから——全力でかかってこい」

俺がそう言うと、クランに緊張が走ったようだ。しかし俺の圧力を前にしても、クランは笑顔を見せる。

「それじゃ――」

先生の合図と共に、戦いの火蓋《ひぶた》は落とされる。


「――いくっすよ！」

開始直後、クランが両手を地面につける。

「【土魔法：ゴーレムアート】!!」

大地が盛り上がっていく。そして大地は次第に形を成し、巨大なゴーレムが誕生する。

【土魔法：ゴーレムアート】は、土や岩を材料にゴーレムを生成する魔法。生み出したゴーレムは魔力を注ぎ続けることで操れる。一度に生成できる数や大きさは、魔術師のセンス次第だ。

「なかなかの大きさだな」

ゴーレムが右腕を振り下ろす。それを俺は左に飛んで回避した。

「それに破壊力も申し分ない――っ!?」

避けた先から気配を感じる。俺の視線の先には、銃を構えるクランの姿があった。彼女の持つ銃から放たれた弾丸を、今度は魔法陣の壁でガードする。

魔法陣は今のように盾として用いることも可能だ。ただし防げるのは魔法のみ。強度が劣れば箇単に破壊されるので、咄嗟の防御程度にしか使えない。

「さすがっすね！」

「その銃——魔道具か！」

クランが持っている銃は、魔力を高密度のエネルギーに変換し、弾丸として撃ち出す魔道具。さしずめ魔銃《まじゅう》とでもいうべきか？

それにしても驚きだ。まさか、ゴーレムを操作しながら、自分自身も攻撃を仕掛けてくるなんて——

「まだまだいくっすよ！」

再びゴーレムが拳を振るう。それを俺は、今度は後方へ退《しりぞ》き躱《かわ》す。

「【風魔法：グラスウォーク】」

そのまま俺は空を蹴り、ゴーレムの背後に回り込んだ。それからギムレットで強化した拳で打撃を加えようとしたが、しかしそれは、クランの狙撃によって阻まれる。

直後、ゴーレムが上体を回転させ腕を振り回し俺を攻撃する。

俺は再び空を蹴って躱《かわ》した。

「っち、良いコンビネーションだな」

こういう場合、先に倒すべきはクラン本人だ。でもなかなか隙を見せそうにない。

だったら——

「【千里眼】」

俺は千里眼でゴーレムを見る。

ゴーレムには必ず、魔力を供給する核が存在する。それを見つけ破壊するのが、ゴーレムの一般的な攻略法だ。

「見つけたぜ！」

ゴーレムの右胸に核を見つける。それから俺は右手で銃の形を作り、指先を核へ向ける。

「【雷魔法：ライジュウ】」

人差し指の前に小さな魔法陣が展開される。そこから雷を収束したレーザービームを放つ。

この魔法は貫通力が非常に高い。狙いは核、そこを貫けばゴーレムは破壊されるはず……しかし、俺の攻撃はゴーレムに着弾した瞬間に屈折してしまった。

「何!?」

今のは、【強化魔法：カウントラベル】——対象への攻撃を一定回数反射する防御魔法。

ゴーレムにかけていたのか。

ピキッ。

地面がひび割れ、地中からゴーレムの腕が伸びる。俺はそれに捕まってしまう。

「捕まえたっすよ！」

クランが右手を俺へ向ける。

しかし――

「あれ？」

銃がない……

それに気付いた直後、クランは背後から首に腕を回され、探していた銃を突きつけられる。いつの間にか、俺は彼女の背後を取り、銃を奪っていたのだ。

「えっ⁉　なんで――」

クランがゴーレムに捕まっているはずの俺を確認する。するとそこにいた俺は、次第に霧となって消えていった。

「【幻影魔法：ミストバレイ】、あっちは幻覚だよ」

決着がつき、俺はクランを放す。

「これ返すよ」

渡された銃を受け取るクラン。

「いつ幻術を？　ていうか、なんでわかったんすか？」

「幻覚と入れ替わったのは、ライジュウを使った直後だよ。ゴーレムを地中に隠してるのは、初めから知ってたからね？」

最初のゴーレムアートの時、彼女はすでにゴーレムを二体生成していた。

「一体いつ使ってくるのかと思ってたけど、まさかあんなタイミングで使われるとは思わなかった。

念のために幻術を使っておいて正解だったよ」

「……なるほど、全部読まれてたんすね……いや～完敗っす！　やっぱりレベルが違うっすね～」

「そんなことないだろ？　クランも十分強かった。Cランクに選ばれたのも納得だ」

「いやいや～、あれはマグレって言ったっすよね？　あたしみたいに適当な奴がCランクなんて、何かの間違いっすよ～」

「嘘が下手だな？」

「えっ……」

「戦い方を見てればわかるよ。お前がこれまで、どれだけ努力してきたのか」

魔法の同時使用の難しさは、以前説明した通りだ。それと同じくらい、ゴーレムの操作と並行して自身も戦うことは難しい。いやむしろ、戦況に合わせて臨機応変に対応しないといけない分、ゴーレムとの並行戦闘のほうが難しいかもしれない。

それを彼女はやってのけ、しかも二体のゴーレムを生成し、防御魔法をかけ、戦略的に動いていたのだ。幾多の戦いを経験した俺だからわかる。彼女のやっていることが、どれだけ難しいのか。

「お前の戦いからは、ひたむきさとか魔法にかける強い思いが感じられた」

「――」

隠れていた彼女の本質が今、少しだけ垣間見えた気がする。

「クランって、案外真面目なんだな？」

「っ――」

クランは顔を赤らめた。

「あ、あんまりそういうこと言わないでほしいっす……」

「なんだ？　別に照れなくてもいいだろ？　お前はそれだけの努力をしてきたんだ。もっと誇っていいと思うぞ？」

努力は必ず報われるかといえば、そんなことはない。しかし、報われるだけの努力をしてきたのかどうかは、他人の目から見てもわかるものだ。彼女は、それほどの研鑽《けんさん》を重ねてきている。

「まったく、変な人ですね。レイブ君は……」

「お互い様だろ？　それと、俺のことはレイでいいぞ」

「了解っす！　レイ君！　これからもよろしくっす！」

「こちらこそよろしくな！　クラン」

こうして激しい実技訓練を終えた俺達は、少しだけお互いを理解したのだった。

18　ダンジョン探索①

「依頼が来たよ！」

急遽《きゅうきょ》生徒会室に集められた俺達に、生徒会長のシルフィーが楽しげにそう言ってきた。フレンダが冷静に返答する。

「今年はずいぶんと早いのね？」

「そうだね～。これも期待の新入生効果かな？」

ハイテンションなシルフィーに、俺はノリに置いてかれてるなと感じながらも尋ねる。

「あの、依頼って前に話してた、生徒会宛のやつですか？」

「そうだよ？　しかも依頼主は王国！」

王国から直接の依頼？

それって結構大事な依頼なんじゃ……

「それで、依頼内容はなんなのですか？」

「えっーとね～」

シルフィーは何やら書類を取り出した。おそらくあれが、王国から送られてきたという依頼書だろう。書類に目を通すと、シルフィーが楽しそうな声を上げる。

「依頼内容は、新しく発見された遺跡の調査――だって！」

「遺跡？」

依頼書に記されていた内容はこうだ。

一週間ほど前のこと、王都から数十キロ離れた場所にある森で、謎の建造物が発見された。発見したのは近隣の村に住む男性。彼の話によると、建物自体は小さく、地下へ続く階段があったらしい。階段の先は暗く、外からは何も確認はできなかった。

ひと通り書類に目を通し、俺は推測を口にする。

「それってダンジョンなんじゃ……」

「やっぱり!? レイブ君もそう思うかい？」

「まぁこれに記載されている情報だけじゃなんとも言えないですけどね。でも人工的な建物なら、その可能性は高いと思います」

ダンジョンは自然発生することなく、人工的に造られる。その意図は、何かを隠すため——というのがほとんどだ。

「受注条件は、Bランク以上が三人いることだから、ボク達全員で受けられるね！」

シルフィーがAランク、フレンダがBランク、サヤとクランがCランク。そして俺がSランク。確かに条件は満たしている。

今さらだが、前に聞いた学園にいるAランクって会長のことだったんだな。

フレンダが表情一つ変えずに告げる。

「じゃあ、早急に出発の手配をするわね」

「うぅ〜。大丈夫かな……」

サヤは心配そうな声を上げていたが、クランが笑顔を向けてくる。

「ダンジョン探索、なんだか面白そうっすね？　レイ君！」

「ん？　ああ、そうだな」

人間界側で見つかったってことは、人間が造ったものだろう。

となれば、隠されているのは財宝か何かか。少なくとも魔剣とか危険物の類《たぐい》じゃないと思うし、まぁ大丈夫だろう。


「――ということで、明日はダンジョン探索に行ってくるよ」

場面は変わり、リルネット達と家で話をする俺。

「へぇーダンジョンか～。楽しそうだね！」

「大丈夫なんですか？　ダンジョンには多数の魔物がいて、罠もたくさん仕掛けられていると聞きますが……」

「平気だよ。所詮は人間が造ったダンジョンだろうし」

「レイもダンジョンを造ったことあるの？」

「あるぞ？」

一応は元魔王ですからね。それなりに財宝やらをいろいろ持ってたからな。

「でも、俺の造ったダンジョンは、今はもう何も眠ってないけどな」

「えっ、それってもう誰かに攻略されちゃってるってこと？」

「いいや、ダンジョンには俺が魔王だった時に使ってた物を隠しておいたんだけど、今回転生した時に全部俺の所へ戻ってきたんだよ」

隠していたのは、魔剣と強力な魔道具の類だった。あれが第三者に渡れば、大きな争いに繋がると思って隠したんだが……無事俺の元へ戻ってきたあたり、誰も攻略できなかったんだろうな。

俺は二人に告げる。

「とにかく明日は一日留守にするけど、もし何かあったらすぐに連絡してくれ。必ず駆けつけるから」

「うん！　レイも気を付けてね？」

「無事に戻られることを祈っております」

† † †

こうして時は過ぎ、依頼当日の朝を迎えた。

生徒会メンバーは早朝から集合していた。会長のシルフィーが相変わらずのテンションで言う。

「全員揃ったかな？　それじゃ行こっか！」

「行くって、まさか徒歩で行くつもりですか？」

そう言って驚いているのは、サヤ。

「違うよ？　近隣の村に転移装置を使って移動するんだよ！」

転移装置？　今ってそんな物まであるのか。

何度も感心させられてるけど、やっぱり魔道具の技術は、昔とは比べ物にならないくらい進化してるな。

「あーそうだ！　レイブ君とクランちゃんには、これを渡しておかないとね！」

シルフィーが渡してきたのは、青い魔法石が嵌められた指輪だった。

「これは？」

「これがあれば、どこにいても王都に転移できるんだよ！」

本当に便利な物が増えたな。これなら魔法そのものが退化してしまったのもわかる。魔法を使わなくても、いろいろできるようになったみたいだし。

「でも三回使ったら消滅するからね？」

「十分っすね！」

「よし！　それじゃ転移装置へ向かうよ！」

シルフィーに案内されて到着したのは、魔法学園の敷地内。その中に、妙に厳重に閉ざされた部屋があった。

扉を開けると、中には仰々しい機械と転移用の魔法陣が描かれた舞台がある。

「待ってたわよ」

「エレ――学園長？」

装置の傍には、エレナの姿があった。

フレンダが一歩前に出て、用件を告げる。

「おはようございます学園長！　装置の起動をお願いできますか？」

「ええ、準備はできてるわ。皆舞台に上がってもらえるかしら？」

エレナに言われ、俺達五人は舞台へと上がった。

そういえば、まだエレナに俺を生徒会へ推薦した理由を聞いていなかった。まあ、この依頼の後にでも聞いておくか。

「それじゃ起動するわね」

魔法陣が光を放つ。

「いってらっしゃい」

「はい！」

転移魔法が発動し、光に包まれたことで一瞬視界が遮られる。次に視界が開けた時には、すでに例の村に到着していた。

「本当に便利だな～」

「でしょ～。登録してある場所だったらどこにでも転移できるらしいよ？」

シルフィーの説明の感じだと、原理は普通の転移魔法と一緒なのか。

今度自分でも作れないか試してみようかな？

「お待ちしておりました。依頼を受けられた方々ですね？」

そこへ一人の男性がやってくる。話によると、彼が遺跡を発見した張本人らしい。今回は遺跡までの案内をしてくれる。

彼に連れられ歩くこと二十分。一行はついに、噂の遺跡に到着した。

「これが遺跡か」

情報通り、そこには人工的に造られた建造物があった。中には地下へ続く階段があるだけ。建物というより、門に近い気がする。

これは、間違いなくダンジョンだろう。

「それでは、後はよろしくお願いします」

「はい。案内ありがとうございました」

男性がその場を立ち去っていく。

シルフィーが顎に手を当て、考え込む。

「う～ん……ここからは、下の様子は見えないね～」

階段を覗き込むと、先の見えない暗闇があった。シルフィーの言うように、入ってみないと中の状況はわからなそうだ。

「十分警戒して進もう！　皆準備はいいかな？」

「「おう！」」

「それじゃ！　いざダンジョン探索開始だね！」

こうして俺達五人は階段を下り始める。


ダンジョン。その古き時代の遺産が眠る場所に、新しき時代を生きる俺達五人がやってきた。俺達は暗闇を進んでいく。

「う～ん……暗くて何も見えなくなってきたね～」

「【光魔法：フォートスフィア】」

俺が魔法を唱えると、手のひらサイズの光の球が出現する。さらにそれを人数分複製した。

「これでよく見えますよ」

「ありがとー！　気が利くね。さっすがボクらのSランク！」

これ下位魔法なんですけどね？

すると、シルフィーが妙なことを言いだす。

「いや～。それにしてもダンジョンって、初めて来るからワクワクするね！」

「あれ？　会長達も初めてだったんですか？」

「そうだよ？」

初めてだったのかよ。つまりここにいるメンバーのほとんどが、ダンジョン未経験者ってことか。

ちょっと不安になってきたぞ……

「世界中にあるダンジョンは、ほぼすべて探索済みです。だから今さら探索に行く者はいません。こうして新しく発見されたのは、実に数十年ぶりなんです」

フレンダがそう付け加えた。

ダンジョンを建造するには膨大な時間と費用がかかる。世界がいくら広くても、そんな建造物は数えるほどしか造れない。それは理解できるにしても、そのうちの一つがどうして今さら発見されたのかは謎だ。

「あっ、階段終わりみたいっすよ？」

クランに言われ、俺は下を照らす。確かに彼女が言った通り、階段はここで終わっていた。そして今度は、長い一本道が続いている。

「進もう！」

シルフィーが先陣を切って一歩踏みだす。すると突然、通路に設置されていたランプが次々に明かりを灯しだした。

「な、なんですかこれ？」

サヤが慌てて声を上げる。

通路全体から、微弱ながら魔力を感じる。侵入者に反応して明かりが作動するようになっていたのか？　それとも……

「まさか、奥に主《ぬし》でもいるのか？」

俺の一言に、シルフィーが反応する。

「えっ!?　主ってまさか、このダンジョンを造った人のこと!?」

「ええ……もしかしたらですけどね」

それなら今まで未発見だった理由もわかる。主が見つからないようにしていたというわけだ。

まあこれが、つい最近完成したダンジョンだとすればの話だけど。こういう時は千里眼で確認するのがベストなんだろう……

だけど、せっかくのダンジョン探索だ。そういうのはなしで行こう。

「警戒して進みましょう！」

フレンダの掛け声と共に前進する。

一直線の通路を進む。しばらく行くと、前方から何かが接近してきた。

それにいち早く気付いたのはサヤだ。

「何か近づいてきます……」

サヤの一言で、全員が警戒態勢に入る。

接近する何かが目視できる距離まで近づいてきた。

「スケルトン!?」

スケルトンとは、骸骨《がいこつ》の姿をした魔物だ。その数、推定二十以上。

「私に任せて！」

フレンダが前に出る。

彼女は左手に弓を出現させ、その弦《つる》を引いた。

【炎魔法：エクスプロード】!!」

弓の前方に展開される魔法陣。彼女が弦を離すと、魔法陣から無数の矢が発射される。

その矢はスケルトンに着弾、瞬間的に爆発した。

「さっすがフレンダ！　お見事だね！」

フレンダが使用した【炎魔法：エクスプロード】は、本来魔法陣の前方に大きな爆発を起こす魔法である。それを彼女は、弓を使うことで炎を矢として発射したのだ。

クランが興味があるのか、フレンダに尋ねる。

「フレンダ先輩！　その弓って魔道具っすか？」

「そうよ。この弓は起動した魔法を矢に変換する機能がついているの。そしてそれを、さっきみたいに連射することもできる」

「へぇ～。便利っすね～」

「そうね。でもその分、魔力の消費は激しいわ」

あれだけの連射が可能なら、魔力が必要になるのは当たり前だ。おそらく今のは、彼女だからできる大胆な使い方なんだろう。

ちなみに、その豪胆《ごうたん》さと可憐さから、彼女は学園内でこう呼ばれていた――気炎《きえん》の舞姫《まいひめ》。

「さぁ、先へ進みましょう」

そのまま直進する俺達五人。途中幾度かスケルトンの襲撃を受けるが、一切歩みを止めることなく突き進む。

そしてついに、開けた場所に到着した。

「なんだ？　ここ……」

今までの細い通路とは打って変わり、急に巨大な空間が広がっていた。

これじゃまるで――

「なんだか番人とかいそうな雰囲気だよね？」

「――正解みたいですよ？　会長」

巨大な空間の奥には、巨体が立ち塞がっていた。

体長十メートル以上はあると思われるそれは――

「ゴーレム⁉」

正体は青く光るゴーレムだった。明らかに普通のゴーレムとは違う雰囲気を漂わせている。

「あっ、皆さん見てください！　あの後ろに道があります！」

サヤが巨体の股下を指差した。

確かに入り口らしきものが見える。ということは、このゴーレムはシルフィーの言った通りの役目を担っているとして間違いないだろう。

「先に進みたければ、こいつを倒せってことだな」

「ゴーレムならあたしに任せてほしいっす！」

クランが前に出る。

「【土魔法：ゴーレムアート】!!」

地に手をつきゴーレムを生成する。しかも、番人のゴーレムと同じ大きさのゴーレムを造り上げた。

「いくっすよ！」

ゴーレム同士の拳が激しくぶつかり合う。

敵のゴーレムはこのダンジョン仕様の特別個体だ。しかし、クランにそんなことは関係ない。彼女の生み出したゴーレムは、その程度の特別さを軽々と凌駕していた。

「やったー！　勝ったっすよ！」

なんてめちゃくちゃな戦いなんだ……

力と力のぶつかり合いを制したのは、クランのゴーレムだった。

「すごいね～。あっさり勝っちゃったよ」

感心するシルフィーに、俺は補足する。

「当たり前でしょ。クランはゴーレムにギムレットをかけてましたからね」

「そうだったの!?」

「そーっすよ！」

実技訓練のことを思い出す。

あの時も、クランはゴーレムに別の魔法を付与していた。これが彼女の才能であり、努力の成果なのだろう。

「なんにしろ、これで先に進める――ん？」

そう口にしたところで、俺は異変に気付く。

破壊されたゴーレムが、徐々に消えていっている。それも霧状になりながら……

「消えちゃったっすね……」

「……」

俺はその様子を観察し、ある推測にたどり着いた。

もしかしたら、この先にあるのはアレかもしれない。

19　ダンジョン探索②

巨大なゴーレムを倒した後、その後方にあった通路を進んだ。

そこから先は、また同じような一本道が続いていた。そのまま俺達五人は直進する。道中、襲ってきた魔物を難なく退《しりぞ》ける。そして再び、広い空間へと足を踏み入れた。

「また同じような場所だね？」

シルフィーが周囲を見渡して言う。

「そうですね」

どうやらこのダンジョンは、複数の番人が各広間で立ち塞がり、奥にある何かを守っているようだ。となると、ここから先にもまた同じ空間が広がっているんだろう。

それはさておき、今は、目の前にいるアレに集中したほうが良さそうだ。

「あ、あれはなんでしょう……」

サヤが見つめる先にいるのは――

先ほどのゴーレムと同様に、通路の前で何かが立ち塞がっていた。その姿は、あまりにも異様だった。

「今度はキマイラか？」

「キマイラ!?　キマイラって大昔にいたって言われてる伝説の怪物でしょ？」

シルフィーが驚いて声を上げる。

キマイラはライオンの頭と山羊《やぎ》の胴体、毒蛇の尻尾を持つとされる怪物。その外見には諸説があるらしく、目の前にいる個体は、ライオンの頭部に加えて、山羊の頭に、尻尾は蛇の頭となっていた。

キマイラは強靭な肉体を持ち、口からは山を燃え上がらせるほどの火炎を吐くと言われている。

今目の前にいるのは古き時代、神々と争った伝説上の存在なのだ。

「でも、本当にキマイラなのかしら？」

「外見上の特徴は一致してます。あとは——」

フレンダの疑問に俺は答える。

キマイラが雄叫びを上げる。その振動でダンジョンの壁や天井が軋んだ。

「あれに、本物のキマイラと同等の力があるかどうかですね」

雄叫びを終えたキマイラがこちらを睨んでくる。それに対して、すかさずフレンダが弓を構える。

「先手を取るわ！」

フレンダが弦を引き、そして放す。放たれた爆裂の矢がすべてキマイラに直撃する。キマイラを、
巻き上がった土煙と爆風が隠す。

その数秒後、土煙の奥でオレンジ色の光が揺らぎだす。

「——っ!?　避けろ！」

俺が声を上げる。

土煙の中から、巨大な火炎が放たれた。

煙の奥に見えたオレンジ色の光は、キマイラが放とうとしていた火炎だったのだ。

火炎は、俺の指示のお陰もあって全員回避に成功する。しかしその威力に、俺を除く四人は驚愕していた。

「めちゃくちゃな威力っすね!!」

「今の攻撃をまともに受けたらマズイわ！」

ここでキマイラは、フレンダに向かって急接近する。

フレンダは咄嗟に防御用の魔法陣を展開する。しかしその直後、俺は直感した。フレンダの魔法陣は破壊される。

「っ――!?」

キマイラとフレンダの間に俺が飛び込む。そのまま俺は迫るキマイラを蹴り上げ、後ろ上方へ吹っ飛ばした。

「フレンダさん！」

俺の呼びかけに反応したフレンダ。弓を構え、吹っ飛ばされたキマイラに向けて、再び矢を放つ。それをキマイラは、山羊の頭部から放った雷で撃ち落した。

「あの角って飾りじゃなかったんすか!?」

クランが驚く。

フレンダの矢はすべて撃ち落されてしまった。しかしその隙に、シルフィーが後方へ回り込んでいた。

「もらったよ！　水魔法――」

シルフィーが右手を突き出し魔法を唱える。これをキマイラは、尻尾の蛇の頭が毒を吐き出すことで応戦した。

「――って、うわぁ!?」

シルフィーは間一髪魔法をキャンセルし、毒を回避する。その間に、キマイラは両者に挟まれていた位置から移動した。

「も～、後ろにも目があるなんてずるいぞ！」

キマイラにシルフィーが怒っている。

怪物相手に怒る姿を、俺はちょっと可愛いと思ってしまった。それはさておき、彼女の言うように、キマイラには後ろにも目がある。キマイラを構成している三体の頭部は、それぞれ独立して動いているのだ。だから後方から攻撃しても、察知できるし対応できる。

激しい攻防が繰り広げられる中、俺はこの怪物の隙をつく方法を模索しようと試みた。でも、どうやらその必要はなかったらしい。

すでにサヤが、キマイラの意識の内側へ侵入していた。

「【闇魔法：ブラックアウト】」

キマイラの懐に潜り込んでいたサヤが魔法を唱える。

彼女が使用したのは、触れた対象の視界を一時的に奪う魔法だ。その効果により、キマイラの視界は失われた。効果時間は十秒間。

その隙に、シルフィーが魔法を準備している。

「【水魔法：トライデント】」

シルフィーが頭上に生成したのは、巨大な水の槍。ここでサヤの魔法が効果を失う。

視界を回復させたキマイラは、その槍に対抗するため口を開くが……

「もう遅いよ！」

火炎が放たれるよりも一瞬早く、シルフィーは槍を放つ。投げ込まれた槍が、開いた口を火炎ごと貫通する。キマイラは悲鳴を上げた後、そのまま地面に倒れ込んだ。

「やったね！」

キマイラは動かない。

生徒会一行は、見事な連携により勝利を収めた。

シルフィーがサヤに駆け寄る。

「サヤちゃんありがとー！　ナイス目隠しだったね！」

「は、はい、上手くいって良かったです……」

サヤは自信なさげに答える。

今のは十分すごかったんだし、もう少し堂々とすればいいのにな。

「あっ、見てくださいっす！　また消えていくっすよ？」

クランに言われ一同がキマイラを見る。すると、ゴーレムの時同様にキマイラは、霧状になって消えていった。

「結局、今のは本当にキマイラだったのかしら？」

「さぁ～」

フレンダの質問に首を傾げるシルフィー。

きっとその答えは、このダンジョンの最奥に隠された物にあるだろう。


第二の番人を撃破した生徒会一行は、さらに奥へと進んでいく。

同じような空間と戦いを繰り返したことで、皆も気付き始めている。

おそらく、また同じ空間が広がっているだろう。そしてゴーレムやキマイラのように、その場には何かが立ち塞がっている。あと何回繰り返すのか不明だが、それを打ち倒していくことで、いずれは最深部へ到達するはずだ。

そうして俺達は、再び同じような空間へたどり着く。

「またこの場所か……」

三度目になると驚きはしない。

俺達の目の前には、見慣れた空間が広がっている。

「あれを見てくださいっす！」

クランが何かに気付き指を差す。

彼女が示した先にいたのは、この場所を守る番人。しかしその姿は、今までとは全く異なるものだった。

「白銀の鎧？」

俺達の視界に映ったのは、眩《まばゆ》い光沢を放つ白銀の鎧騎士だった。

これまでの番人とは打って変わって、魔物ではなく人の形をしている。

「まさか、このダンジョンの作製者？」

フレンダがそう言った。

もしかしたら、ダンジョン内の主がいるかもしれない……このダンジョンへ入った直後、俺が言ったことを思い出したのだろう。

鎧で全身が隠れているので、鎧の中身がどうなっているか見ることができない。

「サヤちゃん、君はどう見る？」

「えっ、えっと……おそらく違います。あの鎧からは、生気が感じられません」

彼女の言う通り、鎧騎士は生きているような感じがしなかった。まるで鎧だけがそこにあるように、一切動かない。

「全然動かないね。もう通っちゃってもいいのかな？」

「駄目ですよ会長。今までの傾向通りなら、アレもこの先を守る番人です。俺達が近づけば襲ってくるでしょう。そしておそらく、アレが最後の番人です」

「そうなの？」

「はい。鎧の後ろを見てください」

鎧騎士の後方には、仰々しい扉があった。

今まではただの入り口だったのに、今回はしっかりとした扉で閉ざされている。おそらくあの先に、ダンジョンに隠された物が眠っている。

つまり鎧騎士が、ダンジョン最後の砦ということだ。

「扉の先に、何かがあるんだね……」

「そうでしょうね」

シルフィーが目を輝かせる。

「よし！　皆構えて！」

シルフィーの掛け声で全員が戦闘態勢に入る。

「これが最後みたいだし、張り切っていくよ！」

戦闘を開始する。

一歩目――たった一歩目を踏みだしたその瞬間だった。

扉の前から鎧騎士の姿が消えた。

「――っ」

俺は左から強力な魔力を察知した。すでに鎧騎士は腰に携えていた剣を抜き、横薙ぎの体勢を取っている。鎧騎士の先制攻撃が繰り出される。

「ぐっ――」

「レイ君!!」

その攻撃を受け、俺は壁まで吹っ飛ばされてしまった。

†　†　†

残された四人に緊張が走る。そして次に鎧が狙ったのは、レイブの名を叫んだクランだった。

先ほどと同じように高速でクランのもとへ接近した鎧騎士は、躊躇《ちゅうちょ》なく剣を振りかざす。クランは反応することができない。

振り下ろされる刃。

それをギリギリのところで、シルフィーが槍で受け止める。

「一旦下がるんだ!」

シルフィーの指示に従い、全員その場から距離を取る。対するシルフィーは、鎧騎士と激しい攻防を繰り広げる。

「ボクも離れたいんだけどな～」

三人同様に距離を取って立て直したいシルフィーだったが、予想以上に鎧騎士の攻撃が止《や》まない。

今ここで下手に退《しりぞ》けば、隙をつかれてしまうだろう。

「会長！」

クランが叫んだ。

直後、地中から巨大な手が出現し、シルフィーと鎧騎士を持ち上げる。クランの造り出したゴーレムである。体勢を崩しよろめく鎧騎士。シルフィーはその隙に距離を取る。彼女が離脱した後、ゴーレムの手は鎧騎士を掴む。

鎧騎士の身動きは封じた。

そこへ爆裂の矢をフレンダが撃ち込む。

「【炎魔法：エクスプロード】!!」

「【風魔法：グラスフィード】!!」

さらに追い討ちをかけるように、サヤが突風を繰り出す。

どちらの魔法も直撃した。相当なダメージを与えているはず……

「そんなっ……無傷ですって!?」

煙が晴れて姿を現した鎧騎士。外見上の傷は一切見られない。文字通りの無傷だった。

「ボクとサヤちゃんで距離を詰めるから、二人は援護して！」

「了解！」

シルフィーが槍、サヤが小太刀《こだち》を手に鎧騎士へ挑む。それをフレンダが弓で、クランがゴーレムで援護する。

四対一という数で勝った状況。それにもかかわらず、押されているのは多数のほうだった。

近接の二人は徐々に攻撃の手数が減り、援護する側も余裕がなくなっていく。

そしてついに、鎧騎士の剣がシルフィーの槍を弾き飛ばした。

「っ――――」

「会長!!」

無防備になった彼女に、鎧騎士が剣を振り下ろす。すでに防御は間に合わない。

シルフィー自身も、そのことを察し覚悟を決める。しかし刃は、金属音と共に停止した。

「――――!!」

鎧騎士の攻撃を、レイブが剣で受け止めている。

彼が手にしているのは、あの貴族との戦いで使用した剣、聖剣デュランダルである。

聖剣で鎧騎士の剣を弾き、レイブはシルフィーを抱きかかえて後退し距離を取る。さらに追撃しようとする鎧騎士に対して、すかさず魔法を展開した。

「【闇魔法：黒天《こくてん》の檻《おり》】」

黒い影が鎧騎士を包み込む。

† † †

完全に光を遮断し、相手を閉じ込める魔法だ。これで多少時間は稼げるだろう。

俺は笑みを浮かべてシルフィーに告げる。

「遅くなりました。怪我はないですか？」

「う、うん。ボクは大丈夫だよ？　それより戻るのにだいぶ時間がかかったみたいだけど、君こそ大丈夫だったのかい？」

「ええ、ダメージは大したことなかったので平気です。ただ吹っ飛ばされた先で、こんな物を見つけたんですよ」

俺が懐から一冊の本を取り出す。ずいぶん古い書物だった。

「そこの小部屋に、これだけが一冊置いてありました」

「それは？」

「このダンジョンについて記された書物です」

「本当かい!?」

「ええ、お陰で、ダンジョンに隠されている物がわかりましたよ」

俺が持つ一冊の本。そこに記されていたのは、ダンジョンの秘密。この地に隠された遺産について。

「結論から言います。ダンジョンに眠っているのは、魔道書です」

「魔道書⁉」

魔道書とは、魔法の道を極めし者が残した遺産。過去に生きた誰かが、自らのたどり着いた魔道の終着点を記した書物。後の世に、自身の生み出した魔法を残すために。

魔道書は、才能のある者が持つことで、その効力を発揮する。どんな魔法であっても、魔道書を理解し所有者として認めさせることができれば、そこに記された魔法を行使することができる。

シルフィーが問う。

「今、君が持っているのは魔道書ではないんだよね。ところで、一体どんな書物なんだい？」

「そうですね。一言で言えば、空想を現実にする魔法が記された書……ですかね？」

「空想を現実に⁉　そんなことが可能なの？」

「それを可能にしてしまう魔法が、魔道書には記されているみたいなんですよ」

信じられないという表情のシルフィー。俺の話を聞いていた他の三人も同様だ。

でも思い出してほしい。そもそも魔法とは、イメージを具現化する手段。空想を現実にすることは、魔法の基本だということを――

「この古い書物には、その魔道書を作った人物の記憶、思い描いた空想について記されていました。おそらく、今まで出現した魔物達は、すべてここに記された内容を魔道書の力で具現化したものでしょう」

道中のスケルトン、その後のゴーレムにキマイラ。それらすべては、魔道書を作った人物の記憶や空想から顕現したと考えて間違いないだろう。この古い書物はそのことを示す証拠がいくつも書かれていた。

「だったら、あの鎧騎士も製作者の空想の産物ってことなのかい？」

「正解です、会長。ここに記された内容によれば、製作者が思い描く鎧騎士のモデルは……」

暗黒の結界に亀裂《きれつ》が走る。

鎧騎士を閉じ込めていた檻が、ついに破られようとしている。ガラスが割れるような音と共に、暗黒の檻が砕け散る。

「——初代勇者ローラン・アインハルト」

俺がそう告げた途端、檻を打ち破った鎧騎士がこちらを向く。

あの鎧騎士の正体、それはかつての俺だ。

「初代勇者!?　この魔道書を作った人は、初代勇者と面識があるってことっすか？」

クランが声を上げる。

「それはどうかな？　あれはあくまでも初代勇者をモデルにしただけの騎士、魔道書の作者が想像した初代勇者の虚像に過ぎないかもしれない」

つまり鎧騎士は、あくまでも魔道書で作られただけの存在。本物とは異なる贋作《がんさく》だ。

「まだ信じられないけど、あれが初代勇者をモデルにしてるっていうのは、なんとなくわかった気がするよ」

鎧騎士が持つ異常な強さ……それを実際に体験したからこそ、シルフィーはそう感じたようだ。

ここで鎧騎士が再び剣を構えると、臨戦態勢に入ろうとする四人。それを俺が制止する。

「レイブ君？」

俺は、ゆっくりと騎士へ歩み寄る。

「すみません会長……こいつの相手は——」

俺が剣を振るう。

「——俺がします」

あの鎧騎士は強い。何しろこいつは、かつての俺だ。だったら、こいつの相手が務まるのは俺しかいない。シルフィー達も、実際にあれと刃《やいば》を交えたことで実感しているだろう。自分達では、勇者の虚像には勝てないということが……

「わかった。任せたよ！　レイブ副会長！」

だからシルフィーはそう言った。今この場で、あの騎士と戦えるのは俺だけだ。彼女達は、この戦いの結末を俺に懸けることに決めてくれた。

「いくぞ偽者！」

俺が前へ出る。そして虚像も前に出る。

互いの剣が交わる。モデルが初代勇者だというのなら、この騎士が持っている剣と、俺が持っている剣は同種のものだ。つまり今、聖剣同士の鍔迫《つばぜ》り合いが行われている。

「すごい……」

一歩も譲らない剣戟《けんげき》。神速という言葉が相応しいほどの速さで剣が交わる。四人の少女が見惚れる前で、俺達は互角の戦いを繰り広げる。

かつての自分と剣を交えるっていうのは、なんだか変な気分だ。

向かい合って初めてわかる。

これが、敵から見た勇者としての俺か……

「強いな」

思わず言葉を漏らす。そして同時に、こうも考えた。

このまま戦っても、勝敗はつかない。

虚像とはいえ、あれは勇者時代の俺をモデルにしている。それだけでも十分強力なのに、加えて作者の想像で補強されているようだ。

勇者の虚像対元勇者。互いに同じ力を持っていて、同じ力を行使している。

多少の差はあるにしても、ほぼ同じ力のぶつかり合いである以上、優劣がつきようがない。このまま行けば、永遠に続く戦いをすることになるだろう。

「だったら――」

激しい攻防の中で、俺は距離を取る。その一瞬で、左手にもう一つの剣を召喚した。両手に剣を構える。

「こっちの力も使うとするか」

忘れてはいけない。

今の俺には、勇者としての力以外にもう一つ――

強大で異質な力が眠っていることを。

20　ダンジョン探索③

俺が左手に召喚した剣。その形状は、右手に持つ聖剣と同じ。違いは基調とする色が黒であることだけだ。

「なんなの？　あの剣……」

シルフィー達が俺の召喚した剣を見つめる。

俺が握るその剣からは、異様な魔力が放たれていた。触れるだけで呪い殺されてしまいそうな、押しつぶされそうな感覚。

「いくぜ」

俺が再び剣を振るう。瞬く間に接近し、鎧騎士に振り下ろす。応戦し受け止める鎧騎士。剣と剣がぶつかり合う衝撃で高音が鳴り響く。

一本だった剣が二本になった。たったそれだけのことでは状況は変わらない。再開されたのは互角の攻防……のはずだった。

互角だった剣戟が、次第に俺の優勢に傾いていく。

「すごい！　押してるよ！」

シルフィーが声を上げる。

剣が二本になったことで、俺の斬撃は速さを増した。それはまるで、何かの力に後押しされているかのよう。

激しい攻防が続き、鎧騎士の手数が次第に減っていく。俺の斬撃をすべて受けきっていた先ほどまでと違い、回避行動を混ぜてきている。そうしなければ致命傷をもらってしまうから、鎧騎士も退《しりぞ》かざるをえないのだ。

もうわかっていると思うが、この剣はただの剣ではない。これは俺が魔王だった時代に愛用していた剣「呪いの魔剣ティルヴィング」。

その性能は、全魔剣の中で頂点に君臨する。形状を変化させ偽装している分、聖剣同様に本来の力は封じられているが、力の一端はこの状態でも機能している。

ティルヴィングの能力の一つは、所持者に無限の魔力を与えること。この能力のお陰で、俺は限りない魔力を手に入れることができていた。

戦いはより加速していく。そんな中、俺は思考も加速させていた。

さすがに強い、本来ならこの攻撃には耐えられない。かつての俺を再現しているからこそ、今もなおこうして俺と戦い続けられているんだな。

だけどそれも限界だろ？

鎧騎士の手数はさらに減る。もう攻撃はほとんどできていない。防御も回避もギリギリの状態だった。シルフィー達、そして俺もじきに勝敗が決まるだろうと感じていた。

しかし――

「うおっと！」

突如として、鎧騎士の戦い方に変化が生まれた。

騎士らしい戦い方ではなくなり、斬撃に身体を仰け反らせて躱《かわ》し、左右上下に飛び回りながら翻弄するようになった。それは野生の獣に近い動きだった。野生の獣にもいろいろ種類があるが、鎧騎士の動きはさしずめ……

「猫みたい」

そう、猫のような動きだった。声に出したのはクランだったが、他のメンバーも同意見だろう。

この戦い方の変化によって、俺の攻撃は容易く躱《かわ》されるようになる。加えて少なくではあるが、反撃もされるようになった。このまま戦いが長引けば、俺のほうが体力的に不利だ。いくら無尽蔵の魔力を持っていようとも、体力が先に底をつけば動けない。

ただ、その心配は不要だった。俺が振るう魔剣、ティルヴィングにはもう一つ秘められた能力がある。

激しい攻防の一瞬、俺は魔剣の切っ先を鎧騎士に向ける。

「【呪いの咆哮《カースロア》】」

切っ先から漆黒の咆哮が放たれる。凄まじい破壊力のそれは、回避を試みた鎧騎士に直撃し、そのまま吹き飛ばした。さらには後方にある壁をも抉り取る。

魔剣ティルヴィングのもう一つの能力。それは、魔剣から放たれる攻撃は必ず相手に当たるという――必中《ひっちゅう》の呪い。

これによって、誰であろうとこの魔剣の攻撃からは逃れられない。無限の魔力と必中の呪い。これが魔剣ティルヴィングの能力である。

攻撃を受けた鎧騎士が、土煙の中から姿を現す。強力な一撃をその身に受けたことで、剣を持っていた右腕とそこから胴体にかけての右半身が消し飛んでいた。もはや立つこともできず、霧となって消える寸前。すでに勝敗は決した。

「勇者の力《かたほう》で足りないのなら、魔王の力《もうかたほう》を上乗せすれば良い。簡単な道理だ……お前の敗因は、俺が何者なのか気付けなかったことだよ」

その一言に、わずかながら鎧騎士が反応を示した。その直後、目にも留まらぬ速さの斬撃を俺は振るう。

鎧騎士の首は宙を舞い、大地に落ちた。

「やったー!!　レイブ君が勝ったよ!!」

はしゃぐシルフィー。

彼女だけでなく、他の三人も俺の勝利に歓喜していた。

俺は消えゆく鎧騎士の身体に近づく。その身体から一冊の本が出現した。

「もしかして、あれが……」

シルフィーは、戦闘を開始する前にした話を思い出したのだろう。このダンジョンに眠っている物。それが、この魔道書だった。

俺は魔道書を手にする。

「あれ？　だったらあの扉は？」

「あれは出口ですよ。会長」

視線の先には、仰々しい扉がある。

みんなは初め、あの扉の向こうに魔道書が隠されていると思っていたはずだ。しかし実際は、目の前に立ち塞がった鎧騎士こそが、魔道書自身だった。

「急いでここから出ましょう」

俺は四人を門へ誘導する。周りを見渡すと、空間自体が霧状になり始めている。

「どうやら、このダンジョン自体、魔道書によって造られたものだったみたいですね」

「マジっすか⁉」

「デタラメね……」

俺の言葉に驚愕するクランとフレンダ。そして――

「とにかくここを出よう！」

シルフィーの掛け声に応じる。

すぐに扉を開き、その中へと入った。扉を潜るとそこは、ダンジョンの入り口があった森に繋がっていた。

「ここに出るんだね」

「みたいですね」

周囲を見渡す。さっきまで確かにあったはずの入り口がない。

「本当に、あのダンジョンは魔道書が造った偽物だったんだ……」

シルフィーは切ない表情をしている。

初めてのダンジョン探索。ダンジョンそのものが偽物だった事実に、多少思うところがあるのだろう。

「確かにダンジョン自体は幻《まぼろし》でした。でも決して偽物なんかじゃないですよ」

「レイブ君？」

「少なくとも、ここにいる俺達に起きたことは、すべて現実なんですから」

たとえ幻だったとしても、俺達はその場所にいた。

今は消えてしまったとしても、俺達の記憶の中には消えずに残っている。

他の誰かにとっては幻でも、この時間を一緒に過ごした俺達にとっては、紛れもない本物なんだ。

「そうだね……帰ろうか！　ボク達の学園に！」

「はい」

こうして、生徒会としての初依頼は無事完了した。

またまだ互いのことを知らない俺達だけど、少しだけ仲間としての意識が強くなった気がする。

俺は勇者だった時のことを思い出していた。

そして今、改めて思う。

やっぱり冒険は良いな——

† † †

「なるほど、そんなことがあったのね」

初依頼を終えた生徒会一行は、起きた出来事を報告するため、学園長室を訪れていた。

入手してきた魔道書を見つめるエレナ。

「そう……これが……」

エレナの視線が魔道書に落ち、何かを察したようだ。

「王国からの依頼だったので、本来なら先に依頼主へ報告するべきだと思ったのですが、いろいろとイレギュラーな事態に見舞われたこともあって、先に学園長に報告を……」

フレンダが状況を説明する。

王国からの依頼は、新たに出現したダンジョンの探索。そのダンジョン自体が幻で、残ったのはこの魔道書のみ。これをどう報告すれば良いのか、そのまま伝えても良いものか、彼女達は悩んでいたのだ。

「ありがとう。王国への報告は、ワタシが代わりにしておくわ。あなた達はゆっくり休みなさい」

「はい」

「学園長、一つ質問しても宜しいでしょうか？」

「何かしら？　フレンダ」

「魔道書というものは、使用者が不在でも機能するものなのでしょうか？」

今回入手した魔道書は所持者がいないにもかかわらず機能していた。フレンダはそのことに気付き、疑問を抱いたのだ。

「いいえ、本来なら所持者が必要よ。でも、この魔道書はちょっと特別だったみたいね」

「特別ですか？」

「ええ、この魔道書はダンジョンを造って、そこに迷い込む者達の魔力を奪って機能し続けていたようね」

「所有者もなしにですよね」

「そうよ？　それに、なぜかこの魔道書からは複数人の魔力が感じられる……」

フレンダ達は、ただただ驚愕するばかりだった。

魔道書というものは、かくも理解不能な代物なのだろうか？

彼女達はそう感じていた。

「さぁ、今日はもうゆっくり休みなさい。他に聞きたいことがあれば、また明日来るといいわ」

「わかりました。ありがとうございます」

「ええ、お疲れ様」

生徒会一行が部屋を出る。

その五分後、扉をノックする音が聞こえる。

「入って良いわよ」

エレナに言われ、扉を開く。

「お待たせ。エレナ」

「待ってたわ。ベル君」

† † †

部屋に戻ってきたのは、俺一人だ。エレナが魔道書を俺に渡す。

「驚いたわね。まさか今になってこの魔道書が見つかるなんて」

「全くだよ。転生した時に俺の手元に戻ってこなかったから、てっきりもう存在しないものだと思ってた」

今の会話でわかったと思うが、俺とエレナはこの魔道書を知っている。なぜなら、この魔道書を作ったのが、俺達なのだから。

俺は魔道書に魔力を注ぐ。

「起きろ——ムウ」

魔力を注がれた魔道書が形を変える。本でしかなかったそれは、たちまち黒猫の姿へと変わった。

これが、この魔道書の真の姿というべきか。

姿を現した黒猫が、ゆっくりと両目を開く。

「お久しぶりであります！　我が主殿《あるじどの》！」

黒猫が言葉を発した。

この魔道書はただの書物ではない。魔道書そのものが意思を持っている。

この魔道書以外にも、同じように意思を持つ書は存在するが、その原理は一切不明で、今でも謎に包まれている。一説によれば、製作者の魔力が関係していると言われている。

「久しぶりね？　ムウちゃん」

「エレナ殿もお元気そうで何よりであります！」

「懐かしいわね～。ムウちゃんを見てると、ベル君と修業してた頃を思い出すわ」

「俺もだよ」

この魔道書の正式名称は、夢想《むそう》の書。

使用者の記憶や想像を材料に、実体のある幻影を生み出す魔法が記されている。

俺とエレナが修業時代に、その一環として作成した魔道書だ。それがなんの因果か、こうして意思を持つようになった。

「主殿！　先ほどは失礼いたしました。まさか主殿だったとは……」

「それはいいよ。この姿じゃわからないのも仕方ない。それよりムウ、お前なんであんな所にいたんだ？」

確かこいつは、俺とエレナが修業していた場所に保管しておいたはず。魔力はない状態だったから、いくらこいつでも魔力ゼロの状態では動けない。

それがなぜ、こんな場所までたどり着いているのか？

「実は数年前、偶然通りかかった魔族が我輩《わがはい》に触れたのであります。その時に魔力を吸収して永い眠りから覚めたのですが、その直後に主殿の気配を感じまして――」

魔道書とその製作者は、見えないパスで繋がっている。その繋がりが、俺の転生をムウに知らせたのだろう。

「まさかお前、俺を探してたのか？」

「そうであります！」

なんという忠義の強さだ。

一度は手放したというのに、こいつは今でも俺を慕ってくれている。

それが、無性に嬉しく思えた。

「なぁエレナ、こいつ俺が持ち帰ってもいいか？」

「もちろん、初めからそのつもりだったわ。王国にはワタシが話を合わせておくから安心して」

「恩に着るよ」

俺はムウに手を差し出す。

「ムウ、俺と一緒に来てくれるか？」

「もちろんであります！」

そう言って、ムウは俺の肩に乗った。

こうして、思わぬ形で再会を果たした俺とムウ。

生徒会としての初依頼は、実に有意義なものになった。

そしてこれから……生徒会をきっかけに出会った、四人の少女達との物語が幕を開ける。

21　我が家と黒猫と誕生話

ムウと再会を果たしてから数十分後。俺はムウを肩に乗せ、リルネットとアリスが待つ屋敷を目指していた。ムウが話しかけてくる。

「主殿！　どこに向かわれているのでありますか？」

「俺が今住んでる屋敷だ。お前も今日からそこで暮らすことになる」

「ほうほう、つまり主殿の新たな城でありますな！」

「城ではないかな？」

「そうなのでありますか？　でも楽しみであります！」

「それは良かった。あーそれとな？　俺以外にあと二人、一緒に住んでる奴がいるから、ちゃんと挨拶するんだぞ？」

「二人？」

「ああ――ほら、着いたぞ」

屋敷に到着した一人と一匹。ムウが屋敷を見上げて、その感想を言う。

「ここが主殿の住処《すみか》、確かに城と呼ぶには、聊《いささ》か不足でありますな～」

「おい、くれぐれも失礼のないようにしろよ？　これから一緒に住む二人なんだからな」

「了解であります！」

俺はムウを連れて中へ入った。

「ただいま！」

そう言うと、部屋の中から足音が近づいてくる。そして、リルネットが出迎えてくれた。

「おかえりなさい！　初依頼お疲れ様！　レイ」

「ありがとう。リル」

「早く中に入って！　今アリスが――あれ？　その猫は？」

リルネットがムウに気付く。

「いろいろあってな？　詳しくはアリスも交えて中で話すよ」

「えっ？　ああ、うん、わかった！」

俺とムウは、リルネットと一緒にアリスのもとへ向かった。キッチンへ行くと、アリスが夕食の準備をしている。どうやら、すでに盛り付けるだけの状態らしい。

俺達が来たことに気付いたアリスが、その手を止めて振り返った。俺から声をかける。

「ただいま、アリス」

「お帰りなさいませ。もうすぐ夕食の用意ができます」

アリスもムウに気付く。

「その肩に乗せている猫は？」

「紹介するよ！　今日からこの屋敷で一緒に暮らすことになったムウだ」

そこから先をムウが話す。

「お初にお目にかかります！　我輩の名はムウ、偉大なる主殿によって作られた魔道書であります！　お二人とも、これからよろしくお願いするであります！」

「魔道書⁉」

リルネットが驚く。こういう反応になるのは仕方がないよな。

「詳しいことは、食事をしながら話そうか」

そういうわけで、俺は夕食を取りながら今日起きた出来事を話した。加えてムウを作った経緯についても伝える。

「そんなことがあったんだ。大変な一日だったね。レイ」

「まぁな」

「それにしても驚きです。意思を持つ魔道書が実在するなんて……」

「珍しい例だけど、ムウ以外にもあるぞ？　アリスは知らないか？」

「はい。今日初めて知りました」

「リルは？」

「わたしも初めてだよ！」

俺が魔王として活動していた時代には、ムウと同じく意思を持つ魔道書があと三冊存在していた。

二人の反応を見る限り、現代ではその存在が伝わっていないようだ。

「なるほどね……」

「ねぇレイ、この子、レイが作ったんだよね？」

「ん？　そうだけど、まぁさっきも話した通り、俺がっていうより俺とエレナで作ったんだけどね」

「じゃあどうして作ったの？」

「どうして？　ムウを作った理由か？」

「うん！」

リルネットは好奇心を瞳に宿して聞いてきた。おそらく彼女は、なぜ作ったのかもそうだが、どうやって作ったのかも知りたいのだろう。

「そうだな……アリスは？」

「私も知りたいです」

別に隠すことでもないし、少し昔話でもしようか。

「それじゃ、少し話そうかな――」

それは今からずっと昔のこと、二度目の転生を果たした俺が、まだ魔王と呼ばれていない時の話だ。

この時の俺は三度目の現在と違って、勇者の力を受け継いでいなかった。生まれた時は、特に突出したものはない普通の悪魔でしかなかったのだ。そんな俺が魔王になるための修業を開始した時に、偶然出会ったのがエレナだった。

俺はエレナの指導を二年ほど受けて力をつけていき、次第に魔王に相応しい力と風格を手に入れた。彼女が言うには、元から素質はあったらしい。ただ素質も才能も、使えなければ飾りでしかない。

ムウを作ったのはその修業の一環、修業を開始して一年が経とうとしていた頃。魔法の基礎や応用を学び、新しい魔法を開発していた時に、魔道書の製作を思いついた。

「どんな魔道書を作るつもり？」

「そうだなぁ～」

魔界の一角にある不気味な森、その奥にある廃城に俺とエレナはいた。そこは先代魔王の部下が使っていた城で、当時はただの廃墟となっていた。ここを修業の場に選んだのは、誰にも迷惑がかからないという殊勝な理由からだった。

当時からエレナの容姿は変わっていない。寿命の概念がない吸血鬼は、ある程度肉体が成長すると変化を止める。だから彼女の容姿は、この時からそのままだ。しいて言うなら昔の服装はより黒く、魔族らしいくらいか。

それに対して俺は全く容姿が異なっている。この時は魔族、その後人間になったのだから当然だが、人間の俺を知る者が魔族の俺を見たら驚くだろう。

魔族、というか悪魔時代の俺は、人間に近い容姿だったと思う。肌や髪の質はほとんど同じだった。

ただ身長が大きく違う。生まれてすぐは人間の赤ん坊と変わらず、成長速度も同じで、修業を始めた当初は、現在の俺のような体形だったと思う。しかし魔族の中には、魔力が増すことで肉体が変化していく者がいる。俺はその部類だったらしく、魔力量が跳ね上がった時には、最大で二メートル半くらいはあった。まぁ身体が大きくても面倒だし、的が広くなるだけなので、魔法で変化させて少し背の高い人間くらいのサイズに戻していたけど。

悪魔の象徴である二本の角と、後ろから伸びる尾はそのままだった。翼も生やそうと思えば出せるけど、普段は邪魔なので隠していた。

「別に……魔道書にして残したい魔法とかないんだよな」

「ならいっそ新しい魔法を作って、魔道書に記せばいいんじゃないかしら?」

「ああ、それいいかもな。どうせなら複雑な魔法にしよう。魔道書にすれば発動までの手間が省けるし」

ちなみに俺の話し方は普通だけど、完全な魔王となる頃には、一人称は『我』に変わり、命令口調が強くなる。この時点ではまだ変化していない。

「実用的な魔法が良いな。今後も使える魔法……もしくは今欲しい魔法」

「そうね。ベル君は今困ってることとかない？」

「困ってること？　そうだな……そこまで不便は感じてないけど、しいて言うなら練習相手が少ないってことかな」

この時の俺の練習相手は主にエレナだった。他にいるとすれば魔物だけど、それも狩りつくしてしまい数が減っていたし、そもそも修業の相手としては不足だった。エレナは十分強いけど、同じ相手ばかりと戦っていては修業も行き詰まる。

「魔獣を生み出す魔法は？」

「それだと黒魔法に近い魔法になるだろ？　あれは駄目だ」

「だったらどうするの？　修業相手が欲しいなら、何かを生み出す魔法とかだと思うけど？」

修業相手を生み出す魔法……それも強力な相手でなくては困る。ゴーレムのように遠隔操作が必要な魔法も駄目だ。あれじゃ結局、操作者が必要になる。だからといって命令に一切従わないのも良くない。

「う～ん……あっ、だったらこういうのはどう？」

その時に思い浮かんだのが、自分の想像を現実にする魔法だった。そんな魔法ができるのか、と思うかもしれないけど、魔法とは本来、不可能なことを可能にする力だ。それに幻を生み出す魔法の中には、実体を持つ幻影を作り出す魔法もある。その延長線で作れないかと思った。

「どう思う？」

「確かにそういう魔道書が作れるのは聞いたことはあるわね。かなり難しいとは思うけど、やってみましょう」

なるほど、すでに実在する魔法だったか。ともかく、俺達は魔道書作りに取りかかった。

最初にやることは、魔道書に記す魔法を開発すること。

エレナのお陰ですんなりできたが、普通に使おうとしたら、発動までに五分以上必要とする実用からほど遠い魔法だった。

「さてと、次は魔道書に起こす作業だな」

ここからが本来、魔道書の製作で一番難しいポイントになる。魔法を文字にして起こさなければならない。展開された魔法陣に刻まれている文字と、この魔道書として記す文字は全く違う。だから対応する文字に置き換えなくてはならないのだ。この作業は何より大変で、複雑な魔法になればなるほど、その文字数・文章量は多くなる。

「やっと完成したな」

製作開始から約四週間かけて、それは完成した。魔道書の名前は夢想の書である。

「それじゃ、さっそく使ってみるか。魔力を流し込めばいいんだよな……」

俺はそっと魔道書に手を置いた。そして魔力を流し込み、何に変化させようか考えていた。その時——

「あれ？」

魔道書が変化し始め、俺は戸惑った。

なぜなら——

「ベル君？」

「まだ魔力を注いだだけなんだけど……」

魔道書は、俺の意思を無視して勝手に変化しだした。目の前で起きた光景に俺は困惑し、エレナも驚いていた。一体何に変わろうとしているのか。ドラゴンとか？

そんな想像をして眺める。次第に形が定まっていき、魔道書は意外なものに姿を変えた。

「えっ……猫？」

それは真っ黒な猫だった。全然強そうじゃないし、何より魔獣でもない。再び困惑していると、その猫がこっちを見てきた。

そして——

「初めまして！　貴方が私の主殿でありますか？」

普通にしゃべった。

「えっ？　しゃべれるの？」

「もちろんであります！」

会話も成立していた。意思の疎通ができている。これは本当に魔道書なのと疑問を感じていると、
そこでエレナが質問する。

「ねぇ、貴方は夢想の書で間違いないのかしら？」

「そうであります！　我輩はお二人によって作られた魔道書、夢想の書でありますよ！」

「えっと、なんでしゃべれるんだ？　そもそもなんで黒猫に？」

「これは、主殿の記憶にあったお姿をお借りしただけであります。言葉を扱えるのも、主殿の記憶があるからでありますよ」

魔道書は丁寧に理由を解説してくれた。自分の生み出した魔道書に教えられるというのも変な体験だ。それに黒猫……そういえば、元の世界で一時期飼っていたことがあったな。でもなんでわざわざそれを選んだんだ？

そう思って聞いてみた。

「それは主殿の記憶の中に、もう一度会いたいという感情が残っていたからでありますよ」

「俺が？」

「そうであります！」

この時思い出したのは、小さい頃に飼っていた黒猫の姿。その猫は元の世界で俺が子供の時からずっと一緒に暮らしてきた。だから家族みたいなものだったんだ。それが中学に上がる前に車に轢《ひ》かれて……悲しかった。涙を流したことを覚えている。俺はそれ以来ペットを飼っていない。

「そういうことか」

全く、魔道書に教えられるなんて情けないな。でも良かった。忘れそうになっていた元の世界での思い出を、少しだけ思い返すことができたから。

「ん？　それは良いとして、なんで魔道書が自我を？」

代わりにエレナが答えてくれる。

「あら、それはありえることよ？　現に他にも三冊ほど意思を持った魔道書が実在しているし」

「そうなのか？」

「ええ、理由はわかっていないみたいだけどね」

なるほど、そういう異例なことが俺達にも起きたってわけなんだな。

「なぁお前、他のものにも変身できるよな？」

「もちろんでありますよ！」

「じゃあ、試しに何かに変身してみてくれる？」

「了解であります！」

黒猫が姿を変えていく。小さな身体が膨れ上がり、どんどん大きくなっていく。

「おっおい……ちょっと――」

気付けば部屋の天井に届くまでになっていた。今さらだけどここは現在室内、廃城内の一室である。その天井を突き破っていく。

そして黒猫は、巨大な黒竜へと変身した。

「どうでありますか？」

ドラゴンが声を出す。声の質は猫の時と同じ。違うのは、声量と声が聞こえる方向が下から上に変わったことだ。

「おい、何やってんだ！　天井壊す奴があるか!!」

すでに天井は崩壊し、空が見える吹き抜け状態になっていた。

「はっ！　も、申し訳ないであります!!」

そのことに気付いた魔道書は、すぐに猫の姿へ戻った。

「申し訳ないであります……」

猫の姿になった魔道書は、ションボリとして再度謝った。

「次からは周りをよく見て変身する対象を選んでくれ。この建物は元から廃墟だし、壊れてもそこまで痛くないけど」

「了解であります」

「まぁでも、ドラゴンにも簡単に変身できるのは良いな。他には何がある？」

「他でありますか？　主殿の記憶にあるものなら、基本的に何でもなれるであります」

「ってことは、前の魔王にもなれるわけ？」

「なれるでありますよ？　強さと能力もある程度なら再現できるであります！」

「本当か!?」

それは予想外、というか期待以上だ。それなら修業相手には困らないぞ。

「なら、これからいろいろ働いてもらうぞ？」

「お任せするでありますよ！」

「ふふっ元気ね。ねぇベル君。せっかくだし、名前でも付けてあげたら？」

「ああ、そのほうが呼ぶ時便利だしいいかもな。えっと……それじゃ――」

俺は以前飼っていた黒猫の名前を、そのまま与えることにした。

その名前が――

「お前は今日から『ムウ』だ」

「了解であります！」

こうして夢想の書は生まれ、ムウになった。

† † †

「――という感じかな」

少し長い時間をかけて話し終える。二人は飽きる素振りを見せずに聞き入っていた。

「なかなか壮絶な初対面だったんだね」

「まぁな。しゃべった時とかドラゴンになった時は、かなり驚いたよ」

「主殿！」

過去のムウの話が終わると、今目の前にいるムウが口を開いた。

「どうした？　ムウ」

「この二人は、主殿の愛人でありますか？」

「ぶっ⁉」

思わず噴き出してしまった。

急に何を言いだすんだ！

「違うぞ！　ムウ、この二人は愛人じゃない」

「そうなのでありますか？　では一体どのような関係なので？」

俺と二人の関係？

そういえば、俺達は今どんな関係なんだ？　とても一言じゃ説明できない気がする。

咄嗟に説明できない俺を見て、二人が話を切りだす。

「そういえば自己紹介がまだだったね？　わたしはリルネット！　いろいろあって、レイに助けてもらったんだ！」

リルネットは自分が皇女であることや神眼を持っていること、俺との出会いについて話した。

「なるほど、そんなことがあったでありますか！」

「うん！　だから、わたしにとってレイは恩人で、とっても大切な人だよ！」

「我輩も同じであります！　リルネット殿、これからよろしくであります！」

「こちらこそよろしくね！　ムウちゃん」

ムウとリルネットが話し終える。続いてアリスが話しだす。

「私はアリス、リル様に使えるメイドです。レイ様はリル様を救ってくださったお方、私にとって第二の主に等しい存在です」

「ほう……主でありますか？」

アリスとムウが視線を合わせる。一人と一匹は、互いに何かを感じたようだ。

「お手柔らかに頼むであります。アリス殿」

「こちらこそよろしくお願いいたします。ムウ様」

何やら妙な同盟が結ばれてしまった気がする。

それにしても、二人は俺との関係性をこうもあっさり口にできるんだな。それなのに俺は、未だにその答えを見つけていない。いい加減、ハッキリさせなければいけないな。まぁ、とにかく今は——

「これでわかっただろ？　二人は愛人じゃないよ。そもそもなんで愛人だと思ったんだ？」

恋仲だと考えたのなら、まずは恋人か妻じゃないのか？

「おや？　だって主殿にはエレ――」

二人が小さく反応する前に、俺はムウを止める。

「はいストーップ‼」

「ど、どうされました？　主殿！」

「ムウ！　その話は今後一切禁止だ！　いいな？」

「りょ、了解であります！」

はぁ……危なかった。

そういえばこいつ、俺の記憶を持ってるんだったな。

危うく恥ずかしい昔話をされるところだった。

「ねぇレイ？　今の話って……」

「えっ？　いやなんでもないぞ？　こいつすぐ噂を信じるから」

「噂？」

「あ、ああ、昔ちょっとな？　でもただの噂だから気にしないでくれ！」

「そ、そうなんだ？　ふ～ん……」

その噂がなんなのか知りたいという顔をするリルネット。アリスも聞きたそうにしている。

すまない二人とも！

この手の話は、恥ずかしくて自分からしたくないんだ。

「そ、それよりムウ！　お前にはこれからやってもらいたいことがある」

「我輩にでありますか？」

「ああ、ムウには俺がいない時に、二人を守ってもらいたいんだ」

これから今回のように、俺が依頼で不在の場合が増えるだろう。

もちろん何かあれば、俺もすぐに駆けつける。でも、何が起こるかわからない。

そんな時に、ムウがいてくれれば安心できる。

「了解であります！」

「ムウちゃんが守ってくれるの？」

「ああ、信じられないかもしれないけど、こいつは俺に次ぐ強さを持ってる。護衛としてムウ以上の適任はいないぞ？」

ムウは俺の記憶と想像を元に、姿を自由に変えられる。もちろん、ダンジョン最深部にいた鎧騎士にも、再びなることが可能だ。そしてその実力は、俺の記憶やイメージに沿ったものだ。

「お二人とも、我輩に任せるでありますよ！」

「それじゃ学園にもこれから一緒に行ってもらうぞ。事情を知らない連中には、俺の使い魔ってことにして誤魔化すからそのつもりでな」

「了解であります！」

ムウが俺の肩に跳び乗る。

こうして我が家に、新たな仲間が加わった。

勘違いの工房主
Kanchigai no ATELIER MEISTER
アトリエマイスター
英雄パーティの元雑用係が、実は戦闘以外がSSSランクだったというよくある話
時野洋輔
Tokino Yousuke
第11回アルファポリスファンタジー小説大賞
読者賞受賞作！
無自覚な町の救世主様は
勘違い連発!?
勘違いだらけのドタバタファンタジー、開幕！
戦闘で役立たずだからと、英雄パーティを追い出された少年、クルト。町で適性検査を受けたところ、戦闘面の適性が、全て最低ランクだと判明する。生計を立てるため、工事や採掘の依頼を受けることになった彼は、ここでも役立たず……と思いきや、八面六臂の大活躍！　実はクルトは、戦闘以外全ての適性が最高ランクだったのだ。しかし当の本人はそのことに気付いておらず、何気ない行動でいろんな人の問題を解決し、果ては町や国家を救うことに——!?
武器や魔法の適性は最低だけど、
それ以外全部SSSランク！
◆定価：本体1200円＋税　◆ISBN：978-4-434-25747-6
◆Illustration：ゾウイカ

この作品に対する皆様のご意見・ご感想をお待ちしております。

おハガキ・お手紙は以下の宛先にお送りください。

【宛先】

〒150-6005 東京都渋谷区恵比寿4-20-3 恵比寿ｶﾞｰﾃﾞﾝﾌﾟﾚｲｽﾀﾜｰ 5F
（株）アルファポリス　書籍感想係

メールフォームでのご意見・ご感想は右のＱＲコードから、
あるいは以下のワードで検索をかけてください。

アルファポリス　書籍の感想　検索

ご感想はこちらから

本書はWebサイト「アルファポリス」（http://www.alphapolis.co.jp/）に投稿されたものを、改題、改稿、加筆のうえ、書籍化したものです。

一度目《いちどめ》は勇者《ゆうしゃ》、二度目《にどめ》は魔王《まおう》だった俺《おれ》の、三度目《さんどめ》の異世界転生《いせかいてんせい》

塩分不足（えんぶんぶそく）

2019年 3月31日初版発行

編集－芦田尚・宮坂剛・太田鉄平
編集長－塙綾子
発行者－梶本雄介
発行所－株式会社アルファポリス
〒150-6005 東京都渋谷区恵比寿4-20-3 恵比寿ｶﾞｰﾃﾞﾝﾌﾟﾚｲｽﾀﾜｰ5F
TEL 03-6277-1601（営業）　03-6277-1602（編集）
URL http://www.alphapolis.co.jp/
発売元－株式会社星雲社
〒112-0005東京都文京区水道1-3-30
TEL 03-3868-3275
装丁・本文イラスト－こよいみつき
装丁デザイン－ansyyqdesign
印刷－図書印刷株式会社

価格はカバーに表示されてあります。

落丁乱丁の場合はアルファポリスまでご連絡ください。

送料は小社負担でお取り替えします。


ISBN978-4-434-25806-0 C0093